秋艸道人 會津八一

美の彷徨《ほうこう》

新潟市 會津八一記念館 編

新潟日報事業社

書斎にて　會津八一（昭和22年　濱谷　浩 撮影）

はじめに

會津八一は最後の文人だといわれている。その個性的な書の評判は高い。古代への憧憬《しょうけい》を詠った万葉調の詩歌も素晴らしい。東洋美術史の研究者としての業績もある。どのいずれに八一の真面目をみるべきなのだろうか。東洋美術の碩学《せきがく》が、たまさかの感懐を歌に詠み、興にまかせて筆を執ったのではない。書も歌も、そして研究のいずれも八一にとって真剣勝負だったのである。

文人の理想とは、一己の人間として生きることであり、その自由をだれも妨げることはできない。八一はしばしば自らの信条を「独往」と揮毫《きごう》した。會津八一は専門の書家ではない。ただの歌人ではない。ひねもす机にむかう書斎の人でもない。八一はある感動に突き動かされるままに、奈良大和路を彷徨《ほうこう》した。ここを訪れること、生涯において35回にのぼっている。

八一は古都奈良を愛した。酷《ひど》く愛した。『南京新唱』の序文に次のようにある。「われ奈良の風光と美術を酷愛して、其間に徘徊することすでにいく度ぞ。遂に或は骨をこ、に埋めんとさへおもへり」と。この古都への想《おも》いがおのずと歌となり、書となり、学問として結実したのである。これらすべて、酷愛した奈良へのささげものであり、八一その人の全人的な表現だったのである。

八一は奈良の地を踏みしめつつ、古代に夢をはせた。そこには、あるがままの生命の喜びを謳歌《おうか》する人々がいた。その証しとして生み出されたのが、世界に誇る飛鳥・天平の美術だったのだ。八一はそう感じたのである。若き日の八一はすでにその書簡に、自らの古典主義の理想について記していた。「個人に於ける人間性の完成完備を希求するのが、僕の半生の主張である。僕が希臘《ギリシャ》生活をよろこぶのも、古事記の神代の巻を愛するのも、此の故である」。
現代の情報化社会の張りめぐらされた網の目の中でわれわれは、わずかに自分の居場所を探すのに汲々《きゅうきゅう》たるありさまである。そのなかにあって、八一のみずみずしい感性と深い学識に根ざした詩歌やことばは、われわれの心をたとえ一時であろうと癒してくれるに違いないのである。

新潟市會津八一記念館館長　神林恒道

目次

一日一作

２０１１（平成23）年4月1日に始まった「新潟日報」朝刊連載の「秋艸道人」も1年を迎えた。この欄は會津八一の「短歌」を中心に「俳句」「言葉」を入れて一日一作を掲げ、これに解説を付して、八一の全体像の紹介につとめたものである。このたび1年分を1冊にまとめて、出版される運びとなった。

八一の学芸は、歌に書に、東洋美術史研究にと広いが、しかし一筋の道が通底している。それは人間主義である。人間が第一義であった。近代文化を人間本来のあり方に照らして、そのゆがみを糺《ただ》そうとする。そこでは古代主義がおのずから浮上する。

この思想は、西欧に学ぶものとしても、東洋思想と結んで八一固有の世界を作り上げたのであった。

まず歌の場合をみよう。八一はひびきのよい歌を好んだ。歌は謡うものであったという考えが根底にある。そもそも言葉の始原は、文字言語ならぬ音声言語であった。歌の始めは感情の高揚を言葉に載せたもので、自然の音楽を伴っていた。おそらく八一はこのように考えていたのである。八一が万葉集を好んだ理由も、その口誦性にあるとみてよい。

この原始の記憶は脈々として、今日のわれわれに伝わり、文字の歌を黙読する場合でも、この心的作用は消えない。心の中で音読しているのだ。となると、歌の意味に即した自然の音楽つまり音調こそ、歌の発生にかかわる本質ということになろう。八一が音調重視を歌の方法とする理由はまさにここにある。

朗々とした春日野の歌、くぐもる古代思慕の歌、そして佶屈《きっくつ》とした不動明王の歌、いずれもこの思想の表れとみてよい。しかしこの方法が、明治以降の散文的な短歌への挑戦であり、反近代の意味合いを持っていたことも事実である。

　むろん歌にとどまらない。八一はこの人間主義を原理として、広く学芸を追究してゆくのだが、かたや随筆・講演・書簡などでもこの主義を主張する。有恒学舎時代の俳論がすでにその片《へん》鱗《りん》をみせ、以後生涯を通じて随所に語って、学芸を貫く一者であることを思わせる。「秋艸道人」では、これらから抜粋し「言葉」としていくつか紹介した。

　翻れば、青年八一の鬱《うつ》勃《ぼつ》たる創作意欲は、俳句の上に注がれた。俳句時代の頂点は、上京前後の１９０１（明治34）年あたりとみてよい。子規の革新運動に呼応して、北越俳壇の啓蒙家としての足跡を残す。

　八一の俳句の多くは当然ながら、青春の気に満ちたものが多く、「秋艸道人」では一服の清涼剤の役目を果すことがある。そのせいか、ひょっとすると會津八一は、歌より俳句の方がうまいのではないか、という評をいただいたこともあった。八一の文業の総体からすれば、習作期のものとみてよいが、俳句体験が文学的教養を育み、詩心の陶冶《とうや》に益したことはいうまでもない。八一の全体像を描く上で欠かせぬ一群である。

八一の学芸は広い。そして奥行きも深い。その果てなき世界を語るべく、本書は一日一作、３６６日分を編み上げたものである。

鶴見大学名誉教授　和泉久子

凡例

本書は「新潟日報」朝刊に連載された「秋艸道人」の會津八一の作品（短歌・俳句・言葉）と、その解説に、補筆訂正を加えて、一巻としての体裁を整えたものである。

「新潟日報」掲載期間

２０１１（平成23）年4月1日から２０１２（平成24）年3月31日までの1年分に、新聞休刊日10日分を補入する。

一、作品について

1　作品数　３６６

短歌２６３首　俳句51句、言葉52。言葉は會津八一の思想・学芸を端的に示す一文を講義録・随筆・講演録・書簡などから抜粋したもの。

2　原　典

『會津八一全集』（全12巻）１９８２（昭和57）年　中央公論社刊

3　表　記

短歌

・原文表記は、平仮名書きに「語分け」を施すものだが、本書では読者の便をはかって、漢字仮名交じり文とし、句ごとに切れ目を入れた。
・漢字は常用漢字を原則とした。
・漢字にはすべて平仮名を付して、原文の平仮名書きに近づけた。

俳句・言葉

原文表記に従う。ただし漢字は常用漢字を原則とした。

4　配　列

・配列順序は新聞掲載順に従うが、補入とのつながりから、やむなく変更した箇所がある。
・配列は季節の推移に従いながら、祝祭や、記念日、あるいは行事などにも可能なかぎり対応した。

二、解説について

・短歌・俳句の場合は、大意を示し、字数の許す限り、鑑賞に資することを摘記した。
・言葉の場合は、掲げた言葉の内容をわかり易く解きほぐすことにつとめた。また読者の参考に出典名を記した。
・表記は現代表記とした。

春から初夏へ

4月〜6月

4月1日

大和路《やまとぢ》の　瑠璃《るり》のみ空《そら》に　たつ雲《くも》は　いづれの寺《てら》の　上《うえ》にかもあらむ

大和路の空は青く、瑠璃の色に輝いて、憧れの異境の空を思わせる。あの白い雲はどの寺の上にあるのだろうか。八一は奈良に限りなく心をよせ、いくたびとなく訪れた。

4月2日

みほとけの　あごとひぢとに　尼寺《あまでら》の　朝《あさ》の光《ひかり》の　ともしきろかも

尼寺の朝の幽《かす》かな光の中。漆黒の、神秘のみほとけ。右肱《ひじ》を曲げ、やさしい頬に指先をあてて、何かしら考えていらっしゃる。そのお姿よ―。中宮寺菩薩《ぼさつ》半跏《はんか》像をうたう。

4月3日

旅人《たびびと》に　ひらくみ堂《だう》の　蔀《しとみ》より　迷企羅《めきら》が太刀《たち》に　朝日《あさひ》さしたり

旅人のために開く新薬師寺金堂の蔀戸から差し込む朝日の光、迷企羅大将が抜き持つ太刀にきらりと輝く。闇の中に髪が逆立ち憤怒《ふんぬ》の神将像が突如現れる。まさに怪異の情景。

4月4日

春すでに木の間の海の光かな

春もすすみ、ほの暗い林の奥の海が、うらうらと光り輝いている。熱海に向かう車窓からの眺めを吟じた即興。早稲田大学の恩師坪内逍遥に求められて、逍遥の別荘で揮毫《きごう》した。

4月5日

ふかくこの生《せい》を愛すべし

「この生」とは、自分にとってかけがえのない命ということ。この命をいとおしく思うことから、人生のあるべき姿がみえてくる。會津八一が門弟らに与えた「学規」一則目。

4月6日

かへりみて己を知るべし

自分は何をしてきたか、何ができるか、真摯《しんし》に反省すること、すなわち己をわきまえることから、すべてが始まる。傲《ごう》岸《がん》不《ふ》遜《そん》を自称した八一の真の姿だ。「学規」二則目。

4月7日

学芸を以《もっ》て性《せい》を養ふべし

人間の英知の結晶である「学芸」すなわち学問と芸術に精進すること、それが己という原石を磨いて、あるべき人間の理想に到達するための道なのだ。「学規」三則目。

4月8日

日々《ひび》新面目《しんめんもく》あるべし

過去の自分に留《とど》まったままではならない。日々怠ることなく努力を重ねて、新しい自分を創り出していかなければならない。人間の生は躍動してやまないものだ。「学規」四則目。

4月9日

厩戸《うまやど》の皇子《みこ》のまつりも　近《ちか》づきぬ　松《まつ》みどりなる　斑鳩《いかるが》の里《さと》

4月11日は厩戸皇子（聖徳太子）の命日。松の緑が映える斑鳩の里に、１３００年の御遠忌《ごおんき》が近づいたことよ。古代ゆかりの祭りに作者は心をときめかす。斑鳩の松は後世のもの。

4月10日

みとらしの　梓《あづさ》の真《ま》弓《ゆみ》　弦《つる》はけて　引《ひ》きてかへらぬ　古《いにしへ》あはれ

聖徳太子が愛用したという梓弓が法隆寺にある。この弓で放たれた矢が戻らないように、再び返ることのない古《いにしえ》よ。作者の最初の奈良旅行の歌の一つ。古代への強い憧れを示す。

4月11日

おし開《ひら》く 重《おも》き扉《とびら》の あひだより はや見《み》え給《たま》ふ みほとけの顔《かほ》

法隆寺金堂の重い扉、寺僧がまだ開け切らないうちから、はや姿をお見せになる諸々《もろもろ》のみほとけよ。釈迦《しゃか》三尊像はじめ諸仏が立ち並ぶ金堂、あたかも荘厳な浄土を垣間見る。

4月12日

鳥雲に入《い》るや魚見の花庇《はなひさし》

一群の渡り鳥が雲間に消えた。春たけなわの空と海。魚見崎の今が盛りの桜の花が、海光にゆらめいて、藍をたたえた淵《ふち》に花庇《はなひさし》をつくっている。熱海・魚見崎での作。

4月13日

一本《ひともと》の　傘杖《かさつゑ》つきて　赤《あか》き火《ひ》に　燃《も》えたつ宿《やど》を　のがれけるかも

1945年4月13日夜、東京の空襲で八一の居宅（秋艸堂《しゅうそうどう》）が全焼。着のみ着のまま、傘をよろめく体の杖として、赤く燃えたつわが家を逃れる。悲惨な戦争体験をうたう。

4月14日

都《みやこ》辺《べ》を　のがれ来《き》たれば　ねもごろに　潮《しほ》うち寄《よ》する　ふるさとの浜《はま》

戦火の東京から逃れてくると、まずふるさとの浜波が私を迎えるように、ひたひたと打ち寄せて来る――。寄せる波に、作者は故郷の人々の心を予感する。安堵《あんど》感が漂う一首。

4月15日

さすたけの　君《きみ》が手《た》なれの　鉢《はち》の子《こ》を　まさ目《め》にみるか　わが膝《ひざ》の辺《へ》に

あの良寛禅師が托鉢《たくはつ》のとき持ち歩いて、歌にも詠んだ鉢の子を、今こうして目のあたりにすることだ。しみじみと膝の上で。「さすたけ」は「君」の枕詞《まくらことば》。国上《くがみ》を訪れての一作。

4月16日

雨《あま》ごもる　宿《やど》の庇《ひさし》に　ひとり来《き》て　手《て》毬《まり》つく子《こ》の　声《こゑ》のさやけさ

吉野の春、宿で雨ごもりをしていると、庇でひとり手毬をつく子の澄んだ声が聞こえる。春の一日を子どもらと手毬をついて遊んだ良寛の歌が思われることよ。

4月17日

咲《さ》く花《はな》の　永久《とは》に匂《にほ》へる　みほとけを　護《まも》りて人《ひと》の　老《お》いにけらしも

とこしえに咲く桜の花のように美しいみほとけを守り、奈良聖林寺《しょうりんじ》の僧は老いてしまったようだ。天平《てんぴょう》以来の美を保つ十一面観音像を、短い人間の一生と対比して褒めたたえている。

4月18日

ほほゑみて　うつつ心《ごころ》に　ありたたす　百済《くだら》ぼとけに　及《し》くものぞなき

かすかにほほ笑んで、うつらうつらと夢見姿の百済観音、こうして飛鳥《あすか》の昔からずっと立っていらっしゃる。このみほとけの姿におよぶものはない。法隆寺の百済観音像をうたう。

4月19日

花散りて日暮れ顔なる羅漢《らかん》かな

咲きほこる桜の花は、ことごとく散り去った。羅漢像の顔も日暮れ時のような心細さをにじませている。落花の時節のさびしさを、常時不動であるべき羅漢の像にみている。

4月20日

みほとけの うつらまなこに いにしへの 大和《やまと》国原《くにばら》 かすみてあるらし

新薬師寺・香薬師《こうやくし》像の、夢かうつつかの細められた慈眼《じげん》、そのおん目には、遠い昔の大和の国がうっすらと見えているようだ。この像は１９４３年、盗難により失われた。

4月21日

近《ちか》づきて　仰《あふ》ぎみれども　みほとけの　みそなはすとも　あらぬさびしさ

香薬師《こうやくし》像のそば近く寄って仰ぎ見るのだが、そのうっとりとしたおん目は、私をご覧くださるようではない。このさびしさよ。１９４２年４月、八一最初の歌碑が新薬師寺境内に立つ。

4月22日

みほとけは　いまさずなりて　降《ふ》る雨《あめ》に　わが石《いし》ぶみの　濡《ぬ》れつつかあらむ

あの香薬師《こうやくし》像は、もはやみ堂にはいらっしゃらない。今はもう、か細い慈悲のおん目をうたう私の歌碑だけが、春の雨にぬれていることであろう。１９４３年３月の作。

4月23日

桜吹く松の嵐や林泉寺

春の嵐は思いのほかはげしい。今を盛りに咲く高田・林泉寺の桜の花が、松をわたる風に乱れ散ってゆく。華麗にして無残な春の嵐の景である。林泉寺は上杉謙信ゆかりの寺。

4月24日

観《くわん》音《おん》の 白《しろ》き額《ひたひ》に 瓔珞《やうらく》の 影《かげ》うごかして 風《かぜ》わたるみゆ

観音像の宝冠から垂れる瓔珞の影が、白い額にゆらめいている。微風のそよぎのままに。極楽浄土を思わせる情景。瓔珞は珠玉などを連ねた紐《ひも》状の飾りをいう。

4月25日

栴檀《せんだん》の　ほとけほの照《て》る　灯《ともしび》の　ゆらゆらゆらに　松《まつ》のかぜ吹《ふ》く

唐招提寺礼堂《らいどう》の栴檀づくりのみほとけ。ほのかな蝋燭《ろうそく》の灯がゆららに揺れて、松の風が通りすぎてゆく。「ほ」「ゆらら」の反復が揺れるかすかな灯明をイメージさせる。

4月26日

ああ予もと白眼にして独往し、世と相容《い》るることなし。

私は「白眼」をもって睨《にら》むかのようにして時流に接し、孤心を守って「独往」の道を貫いてきた。自らの学芸に固有の世界を求める八一の信条である。「遊神帖《じょう》」自序。

4月27日

陵《みささぎ》の青葉に潮の遠《とほ》音《ね》かな

佐渡に配流《はいる》された順徳天皇の真野御陵、青葉の揺れる木々の間から、穏やかな波の遠音が、鎮魂の歌のように聞こえてくるよ。有恒学舎時代の作。

4月28日

あせたるを　人《ひと》はよしとふ　頻《びん》婆《ば》果《くわ》の　ほとけの口《くち》は　燃《も》ゆべきものを

人は色あせた古色蒼然《そうぜん》たる仏像がよいという。本来、仏の唇は頻婆果《びんばか》のように、赤く燃えたつものなのに。頻婆果とは赤色の果物で、インド産とも、想像上の果物とも。

4月29日

ひとりきて　悲《かな》しむ寺《てら》の　白壁《しろかべ》に　汽車《きしや》の響《ひび》きの　ゆきかへりつつ

奈良喜光寺を訪れて、天平《てんぴょう》の昔栄えた寺の荒廃をひとり悲しむ。沿線を行き来する汽車のひびきも、古い白壁を震わす。この荒廃が作者を華麗な過去に誘《いざな》うのである。

4月30日

花《はな》すぎて　伸《の》びつくしたる　水仙《すゐせん》の　細葉《ほそは》みだれて　雨《あめ》そそぐみゆ

薄黄色の花が咲き終わり、伸び放題に伸びた水仙。乱れた細い葉に雨が降り注いでいる。無残な水仙を写生的に描く。自然に囲まれた武蔵野村荘に住んでいたころの一首。

5月1日

奈良坂《ならざか》の　石《いし》のほとけの　おとがひに　小雨《こさめ》ながるる　春《はる》はきにけり

奈良坂の道のほとりの夕日地蔵。丸いあごから、春の小雨がしずくとなって流れているよ。雨にぬれた石の地蔵の笑うがごとき泣くがごとき表情に、作者は心を寄せる。

5月2日

奈良坂《ならざか》を　浄瑠璃寺《じやうるりでら》に　越《こ》えむ日《ひ》は　道《みち》の真埴《まはに》に　足《あし》あやまちそ

奈良坂を越えて京都山城《やましろ》の浄瑠璃寺に行くときは、道中の赤土に足を滑らせないように、気をつけよ。門下生を案じて詠んだ一首。大和の赤土は万葉集にも詠まれている。

5月3日

ことしげき　都《みやこ》出《い》で来《き》て　ふるさとの　田《た》の面《も》の風《かぜ》に　熟寝《うまい》せるかも

心身ともに休まらない東京を逃れ、故郷新潟に戻ってきた。広々とした越後平野を吹く春風が私を熟睡させる。戦争の末期、空襲の恐怖から解放された安堵《あんど》感が滲《にじ》む。

5月4日

おしなべて　春《はる》こそ来《き》たれ　み越路《こしぢ》の　はてなき野辺《のべ》に　萌《も》ゆる小草《をぐさ》に

あまねく春が到来した。越後の野辺一面に萌え出る小草の上に、そして諸人《もろびと》の上にも。詞書《ことばがき》「新潟にて『夕刊ニヒガタ』を創刊するとて」。1946年5月社長に就任。

5月5日

天才とかいふものより、がつちりと丈夫な子供を強く育てて下さい。

天才よりは強く丈夫な子どもを育てよ、という言葉の奥底に「学規」の「ふかくこの生を愛すべし」の心があろう。人間の命を第一義とする人間主義の言葉。「文化の自覚」

5月6日

小学校を卒業するとき、学校を出たら百姓になると書いて出した。

人間の一生は2年や3年で勝負のつく短距離走ではない。60年70年にわたる競争だといい、私も成績の振るわない平凡な子どもだったと筆者は語っている。「少年少女におくる言葉」

5月7日

うつらうつら傾き咲ける牡丹《ぼたん》かな

大輪の花を傾けて、夢かうつつかのまどろみ、薄曇る日差しのもとに、春愁の白《はく》牡丹が1輪咲いている。花の姿態に官能の憂いをみる。

5月8日

庭上に鬱《うつ》林あり脩《しう》竹《ちく》あり叢《むら》菊《ぎく》あり冷泉あり、鳴《めい》禽《きん》の声絶ゆる事なし。

八一が居住していた武蔵野村荘の様子。庭には鬱蒼《うっそう》とした林や竹、菊があり、泉あふれ、鳥の声がたえないと、中国詩人のすみかに見立てて理想化する。

5月9日

菊《きく》植《う》うと　土《つち》にまみれて　さ庭辺《にはべ》に　われたち暮《く》らす　人《ひと》な問《と》ひそね

菊を植えようと庭で土まみれになっている。人よこの至福の時を訪ねてくれるな。秋には陶淵明の「菊をとる東籬《とうり》の下《もと》悠然として南山を見る」を彷彿《ほうふつ》させる菊となる。

5月10日

春《はる》たけし　庭《には》の柳《やなぎ》の　葉《は》がくれに　鳩《はと》二《ふた》つきて　ねむる日《ひ》ぞ多《おほ》き

風薫る園、柳の葉陰に鳩2羽が訪れては、ひねもす微睡《まどろ》む。作者はこの歌を書画に仕立てた。弧線状の柳の細枝に身をよせ合う鳩の図に、細筆で歌を書き入れる。

5月11日

おほらかに　もろ手《て》の指《ゆび》を　開《ひら》かせて　大《おほ》きほとけは　あまたらしたり

東大寺の大仏は、ゆったりと両手の指を伸ばして、人々を救う印《いん》相《ぞう》をお示しになり、光り輝いてあまねく世界を照らしていらっしゃる。大仏の威容を描き、朗々たる音調で賛美する。

5月12日

大《おほ》寺《てら》の　ほとけのかぎり　灯《ひ》ともして　夜《よる》のみ幸《ゆき》を　待《ま》つぞゆゆしき

天《てん》平《びょう》の昔。この大寺のあらゆる仏に灯をともして、聖武天皇の大仏供養の行幸を待つ。その壮麗さよ。「続《しょく》日《に》本《ほん》紀《ぎ》」の記述により作者は華麗な過去を想像する。詞《こと》書《ばがき》「東大寺懐古」。

5月13日

あまたたび　この広前《ひろまへ》に　めぐり来《き》て　立《た》ちたるわれぞ　知《し》るやみほとけ

奈良を訪れて、いくたびとなくこの大仏殿の前庭に立った私でありますよ。これをご存じでしょうか。大仏盧舎那仏《るしゃなぶつ》よ。声高な呼びかけの文体で切迫感をだす。

5月14日

我妹子《わぎもこ》をおもへば赤し雲の峰

あなたを想《おも》うと、私の心はあの夕日に染まる雲の峰のように赤く熱いことだ。八一は大学生のころ、深く思いを寄せる女性がいた。恋心と夕日の雲を重ねた青春の句。

5月15日

我妹子《わぎもこ》が　衣掛柳《きぬかけやなぎ》　見《み》まく欲《ほ》り　池《いけ》をめぐりぬ　傘《かさ》さしながら

帝《みかど》の寵愛《ちょうあい》を失った官女《かんじょ》が猿沢《さるさわの》池に投身する時、衣をかけたという衣掛柳。これを見たいと、傘をさして池のほとりを独り歩いたのであった。作者の青春の息吹を感じさせる一首。

5月16日

詩歌はもと口にてうたひ、耳にて聞かしめしに始まる。

はじめ詩歌は口で歌い、耳で聞くものであった。後に文字の芸術となったが、やはり詩歌の本領は「ひびき」である。散文と区別しなければならない。「山光集」例言。

5月17日

滝坂《たきさか》の　岸《きし》のこずゑに　衣《きぬ》かけて　清《きよ》き川瀬《かはせ》に　遊《あそ》びてゆかな

奈良滝坂に沿う清らかな渓流。岸辺の梢《こずえ》に着物をかけて遊んでゆきたいものだ。この先の地獄谷石窟《せっくつ》へ行くのだが――。カ行音が多く、清らかな谷川を思わせる。

5月18日

岩室《いはむろ》の　石《いし》のほとけに　入日《いりひ》さし　松《まつ》の林《はやし》に　目白《めじろ》鳴《な》くなり

春日奥山の地獄谷石窟《せっくつ》に刻まれたみほとけ、折からの夕日に荘厳《しょうごん》されて美しい。あたりの松林からはメジロの鳴く声が透き通って聞こえてくる。下句に中国詩人王籍の詩の影響があろう。

5月19日

ゆく春《はる》の 風《かぜ》を時《とき》じみ 樫《かし》の根《ね》の 土《つち》にみだれて 散《ち》る若葉《わかば》かな

おわりゆく春の時節、風が時はずれにひどく吹くので、樫の根もとに若葉が無残に乱れ散っているよ。晩春を襲う春嵐の凄《すさ》まじさを視覚的にうたう。

5月20日

痩蛙《やせがへる》 まけるな一茶《いっさ》 これにあり 次《つぎ》に控《ひか》へし 會津八朔《はっさく》

劣勢の痩せ細った雄蛙の戦いを応援して、名句を詠んだ小林一茶、次には會津八朔が控えているのだ、痩蛙よ。新潟の文学仲間へ贈った激励の歌である。八朔は八一の雅号。

5月21日

ささやかに　丹塗《にぬ》りの塔《たふ》の　立《た》ち澄《す》ます　木《こ》の間《ま》にあそぶ　山里《やまざと》の子《こ》ら

奈良室生寺《むろうじ》の境内は清々《すがすが》しい、こじんまりとした丹塗りの五重塔がすっきりと立ち、そのまわりの木の間には山里の子らが遊んでいる。朱の塔に深緑の木立を配した視覚的な歌。

5月22日

みほとけの　ひぢまろらなる　柔肌《やははだ》の　汗《あせ》むすまでに　しげる山《やま》かな

みほとけの丸みをおびた肱、その柔らかな肌が汗ばむほどに鬱蒼《うつそう》として迫る山々である。豊麗を極める室生寺仏像をうたう。室生寺には平安期の密教美術を代表する作品が多い。

5月23日

眦《まなじり》に天地《あめつち》青しほととぎす

詞書《ことばがき》「達磨《だるま》像に賛を望まれて」。目いっぱいの青葉、あれ、ホトトギスの声が——。青葉とホトトギスは古典的な取り合わせだが、主人公が達磨となればすべてが生彩をおびてくる。

5月24日

とこしへに ねむりておはせ 大寺《おほてら》の 今《いま》の姿《すがた》に うち泣《な》かむよは

とこしえに目を閉じたままでおいでください。唐招提寺の衰退した今の姿を見て涙なさるよりは。寺の荒廃に対する嘆きを、瞑目《めいもく》姿の鑑真《がんじん》像に寄せてうたう。

5月25日

黒駒《くろごま》の 朝《あさ》の足《あ》掻《が》きに 踏《ふ》ませたる 岡《をか》の草根《くさね》と なづさひぞこし

聖徳太子が愛馬の黒駒に乗って、朝の歩みで踏まれたその丘の草だと思い、道々心を寄せながらやって来たことだ。太子ゆかりの橘寺へゆく作者である。

5月26日

個人における人間性の完成を希求するのが、僕の半生の主張である。

近代化が進み、狭い専門分化による非人間的なあり方が広がる今の時代。これは本来の人間性に反するものとして、全人的な人間形成の必要性を主張するもの。伊達俊光宛て書簡。

5月27日

もっと謙虚にもっと熱心に、自然又《また》人生を諦観《ていくわん》し努力することを要す。

青年彫刻家奥田勝《まさる》に与えた怒りの書簡中の言葉。空疎な芸術論や骨董《こっとう》趣味を強く戒め、作品制作への全人的精進を求める。作品こそが「真実」を語る唯一のものであると。

5月28日

藤《ふぢ》原《はら》の おほき后《きさき》を うつしみに 相《あひ》見《み》るごとく 赤《あか》き唇《くちびる》

光明皇后をこの世の人として、目の当たりに見るような生々しい赤い唇よ。奈良法華寺の十一面観音像は仏教に深く帰依した皇后をモデルにしたという伝説がある。

5月29日

ししむらは　骨《ほね》もあらはに　とろろぎて　流《なが》るる膿《うみ》を　吸《す》ひにけらしも

骨もあらわにとろけ崩れた肉体から流れる膿を吸ったとか。病人・貧者千人を入浴させると誓った光明《こうみょう》皇后。膿を吸った千人目の病人は仏に変じ、いずこにか姿を消したという。

5月30日

空《から》ふろの　湯《ゆ》気《げ》たちまよふ　床《ゆか》の上《うへ》に　膿《うみ》にあきたる　赤《あか》き唇《くちびる》

空ふろの湯気が漂う床の上、施浴で病人の膿を吸って疲れた光明《こうみょう》皇后の赤い唇——。「空ふろ」は蒸し風呂。法華寺十一面観音像の唇に残る朱色と皇后の施浴伝説を重ねる。

5月31日

月にそうて柳の中をあるきけり

月明に光る柳の道。ここはどこなのか。ふるさとの堀沿いの柳の道、いや、仙境に至る道なのだ。現実を幻想のベールに包む。新発田の歌人、原宏平に請われて詠む。

6月1日

はつ夏《なつ》の　風《かぜ》となりぬと　みほとけは　をゆびのうれに　ほの知《し》らすらし

瞳燃え、心燃える、やわらかな初夏の南風。その到来をみほとけはしなやかな小指《こゆび》の先で、ほのかに感じていらっしゃるよう。詞書《ことばがき》「奈良博物館にて」。

6月2日

野《の》の鳥《とり》の　庭《には》の小笹《をざさ》に　かよひ来《き》て　あさる足音《あのと》の　かそけくもあるか

武蔵野の秋艸堂の庭、野の鳥が笹に訪れては餌をあさる。足音の何と幽《かす》かなことよ。ノ・アの音が足音のようなリズムを刻み、ひびきの少ないカ行音が幽かさを思わせる。

6月3日

豆《まめ》植《う》うる　畑《はた》の畔土《くろつち》　このごろの　雨《あめ》をふくみて　吾《あ》を待《ま》ちにけむ

豆を植えている秋艸堂の畑の畔土、しっとりと潤っている。このごろの雨を含んで、私を待っていたのであろう。おそらく作者の胸中には陶淵明の「豆を植う、南山の下《もと》」がある。

6月4日

白百合《しらゆり》の　葉分《はわ》けの蕾《つぼみ》　いちじるく　見《み》ゆべくなりぬ　朝《あさ》に日《ひ》に異《け》に

秋艸堂の夏の花、白百合のあるかなきかの葉分けのつぼみも、朝に日にふくらんで、はっきりと形がわかるようになってきたよ。細部を写す正岡子規の影響を感じさせる。

6月5日

北溟《めい》にどんな魚《うを》やら初鰹《はつがつを》

中国古典に「北溟に魚あり」に始まる寓話《ぐうわ》がある。どんな魚かなと考えながら初鰹を食べたことだ。北の溟《くら》い海に鯤《こん》という大魚が住む。やがて大鳥の鵬《ほつ》となって雄飛するという。

6月6日

みすずかる 信濃《しなの》のはての 群山《むらやま》の 峰《みね》ふきわたる みなつきの風《かぜ》

「みすずかる」は信濃の枕詞《まくらことば》。そのはてに連なる青い山々を6月の風が吹き渡る。１９２１年作者は長野県山田温泉を訪れた。この渓間《けいかん》の地に中国詩人のすみかを思う。

6月7日

雲《くも》ひとつ 峰《みね》に類《たぐ》ひて 湯《ゆ》の村《むら》の 晴《は》るるひまなき わが心《こころ》かな

雲が一つ峰にかかって湯の村は晴れない。そのように、鬱々《うつうつ》として晴れやらぬわが心よ。３句までは「晴るる」にかかる序。峰に雲のかかる景は、中国故事「巫山《ふざん》の雲雨」による。

6月8日

いにしへの　ヘラスの国《くに》の　大神《おほがみ》を　仰《あふ》ぐがごとき　雲《くも》の真柱《まはしら》

遠い昔のギリシャ神話の最高神ゼウスを仰ぐような白雲の柱よ。信州の山中の雲に天空神ゼウスを思い、父なる神に憂心を訴えようとする。こよなくギリシャに憧憬《しょうけい》した作者である。

6月9日

かみつけの　白根《しらね》の谷《たに》に　消《き》え残《のこ》る　雪《ゆき》ふみ分《わ》けて　摘《つ》みし筍《たかむな》

上毛《かみつけ》（群馬県）の白根山、その名のように清浄な山の雪を踏み分けて掘りだした竹の子であるよ。作者は山田温泉から竹の子を持ち帰り、この歌を添えて恩師坪内逍遥に届けた。

6月10日

私は字といふものは、平明に書かなければならぬと思つてゐる。

「字」は互いの意思を伝える図形記号である。巧拙よりは平明でわかりやすく書くことが大切だ。書芸術でもこの「字」の文化史的意義を無視してはならない。「書道について」

6月11日

新聞の活字は人が見て読めないといふ字はない。

新聞は明朝活字を用いている。この活字は正方形を基本とし、垂直線と水平線で面積を等分に分割して空間を満遍なく満たす。一字の構造が甚だ明瞭である。「書道について」

6月12日

大仏の肩かすめゆく乙鳥《つばめ》かな

浅葱《あさぎ》色の空。ツバメ１羽が大仏の肩へ斜めに近づくや、瞬時に身を翻して宙に姿を消す。V字形に飛ぶツバメと、無心不動の大仏の取り合わせが奇抜。

6月13日

夢殿《ゆめどの》は しづかなるかな もの思《も》ひに 籠《こ》もりていまも ましますがごと

法隆寺夢殿の何と静かなことよ。今も聖徳太子がひきこもって瞑想《めいそう》していらっしゃるようだ。太子は経典注釈にゆきづまると夢殿に籠り、現れた金人《きんじん》（仏）に教えをうけたという。

6月14日

義疏《ぎそ》の筆《ふで》 たまたまおきて 夕影《ゆふかげ》に 下《お》りたたしけむ これの古庭《ふるには》

聖徳太子は、経典注釈の筆を時にはおいて、夕方の日差しの中に下り立たれたことだろう。この法隆寺東院の古びた庭に。「義疏《ぎそ》」は文の内容を解き明かすこと。

6月15日

千年《ちとせ》あまり 三《み》たびめぐれる 百年《ももとせ》を ひと日《ひ》のごとく 立《た》てるこの塔《たふ》

１０００年に余ること三たびの１００年。１３００年の歳月をわずか1日のことのように、すっきりと立つこの法隆寺五重の塔よ。１３００年の和語化が長い時間を感じさせる。

6月16日

天地《あめつち》に　われひとりゐて　立《た》つごとき　このさびしさを　君《きみ》はほほ笑《ゑ》む

天地《てんち》の間にわれひとり佇《たたず》んでいるようなこの寂しさを、夢殿救世《くせ》観音はほっそりとほほ笑んでいらっしゃる。長い間秘仏とされてきた飛鳥仏と作者自身の孤独を重ねる。

6月17日

たまたまに　山《やま》をし踏《ふ》めば　おのづから　山《やま》の息吹《いぶき》の　あやにかなしも

新緑の榛名《はるな》、山に足を踏み入れるやおのずと迫り来る山の息吹、陶然としてわが身をひたす。歌人吉野秀雄の誘いで、上州の山の生気に接した喜びをうたう。

6月18日

山《やま》つつじ 移《うつ》ろふなべに 鬼《おに》つつじ 燃《も》ゆるたをりに 登《のぼ》りいでにけり

真っ赤な山つつじの花が色あせ、かたや黄色の鬼つつじが燃えるように咲き始めている。榛名山の尾根のくぼみにたどりつき、色とりどりの山つつじに目を奪われている作者。

6月19日

利《と》根《ね》いまだ うら若《わか》からし あしびきの 山《やま》かたづきて 白《しろ》むを見《み》れば

まだうら若く、生き生きとして流れる利根川。新緑の山裾を、白波を立てながら流れてゆくよ。利根川上流を遠望する。情感のこもる「うら若からし」が歌のまなこ。

6月20日

赤城嶺《あかぎね》の　遠方《をちかた》とほき　山《やま》なみに　二荒《ふたら》さやけく　雲《くも》のよるみゆ

赤城山のはるか彼方《かなた》の山なみに、清々《すがすが》しくそびえ立つ日光二荒山（男体《なんたい》山）。輝きわたる日光の名をもつ山に、雲が近づいている。広大な空間の中に、不穏なドラマを予感する。

6月21日

短夜《みじかよ》の扇《あふぎ》ひき去る鼠《ねずみ》かな

越後の夏の夜、たまたま先輩の桜井天壇《てんだん》が訪ねてきた。天壇去るや、一句書き入れた扇子が消えている。ネズミだろうか、それとも天壇が…、はてさて。作者学生時代の即興。

6月22日

ふるさとの 古江《ふるえ》の柳《やなぎ》 葉《は》がくれに 夕《ゆふ》べの舟《ふね》の もの炊《かし》ぐころ

ふるさとの夢は古びた堀に沿う柳。しだれた柳の葉陰による日暮れの船から、夕餉《ゆうげ》の煙が細々と立ちのぼるころであろう。歌題「望郷」。「古江」は往時新潟市街を通っていた掘割《ほりわり》。

6月23日

父母《ちちはは》の 国《くに》に来《きた》れど 父母《ちちはは》も すでにいまさず ものなしわれは

戦火をのがれて、父母の国にかえり来る。すでに父母はいまさず、物とて一つないわが身であるよ。中国故事「錦衣《きんい》を着て故郷に帰る」とあべこべの喪失感をうたう。

6月24日

春日野《かすがの》の　鹿《しか》ふす草《くさ》の　片《かた》よりに　わが恋《こ》ふらくは　遠《とほ》つ世《よ》の人《ひと》

春日野の鹿が臥《ふ》せたあとの草が一方に片寄るように、ひたすら私が恋い慕うのは遠い昔の人々であるよ。2句までは「片より」にかかる序。古代憧憬《しょうけい》をうたう。

6月25日

つと入《い》れば　あしたの壁《かべ》に　たちならぶ　かの招提《せうだい》の　大菩薩《だいぼさつ》たち

すっと朝の奈良博物館に入ると、白壁に沿ってあの唐招提寺の大菩薩が立ち並んでいる。この壮観さよ。大正時代の博物館は肩がぶつかり合うほどに仏像がひしめいていた。

6月26日

毘沙門《びしやもん》の　古《ふり》し衣《ころも》の　裾《すそ》のうらに　紅《くれなゐ》もゆる　宝相華《ほうさうげ》かな

浄瑠璃寺毘沙門像（多聞《たもん》天）の古びた衣の裾の裏に、何と花模様の宝相華が紅に燃えている。と思うや色あせる花──。想像力による一瞬の花。「宝相華」は唐草文様の一種。

6月27日

雲裂けて星みだれ飛ぶ涼しさよ

雲裂けて、満天の星空が広がり、乱れ星が尾を引いて流れる。この流動変化する神秘の夜空を仰ぐ涼しさよ。奥日光中禅寺湖畔での作。

6月28日

馬《うま》乗《の》ると　わが立《た》ちいづる　あかときの　露《つゆ》にぬれたる　からたちの垣《かき》

馬の練習に出かけようと早朝、おもてにでてみると、暁の露に枳殻《からたち》の垣根がしっとりとぬれている。愛誦《あいしょう》する万葉歌の「あかとき露にわが立ちぬれし」をふと思う作者。

6月29日

雨《あめ》晴《は》れし　桐《きり》の下《した》葉《ば》に　ぬれそぼつ　朝《あした》の門《かど》の　月《つき》見《み》草《さう》かな

夜来の雨も上がり、門前の桐の葉陰に咲く、ぬれた月見草の色鮮やかさよ。水滴の光る雨後の景に、桐の葉と月見草による色彩配合をとり入れた絵画的な作品。

6月30日

卑しむべき成功者よりも、尊ぶべき失敗者の方がゆかしい事が多い。

弓を射るのに、的に当たる当たらぬよりは、態度人格の正しい人でありたい。眼前の成敗よりもっと深いものが長く命を保つ。まず人間としての修養を心がけよ。「当たらぬ弓」

夏から初秋へ

7月～9月

7月1日

墨涼し馬を描けば奔《と》ばんとす

墨痕鮮やかにして涼をよび、馬は奔馬の勢いをもつ。新潟中学同級の山内保次《やまのうちやすじ》（陸軍少将となる）が来訪した際の句。詞書《ことばがき》に「彼馬を描き吾《われ》句を題して」とある。

7月2日

壁《かべ》にゐて　床《ゆか》ゆく人《ひと》に　高《たか》ぶれる　伎《ぎ》楽《がく》の面《めん》の　鼻《はな》古《ふ》りにけり

博物館の壁にかかる伎楽面、高慢そうに人を見下ろしている。異人顔の突き出た鼻も古びてしまったことよ――。昔寺院で仏の供養に演じられた伎楽の面に作者は自分を重ねる。

7月3日

いかでわれ　これらの面《めん》に　類《たぐ》ひゐて　千年《ちとせ》の後《のち》の　世《よ》をあざけらむ

どうにかして私は、この高慢な面相の伎楽面と肩を並べて、千年後の俗流に嘲笑を浴びせたいものだ。作者は伎楽面に「独往」を貫く者の、並ならぬ面魂をみている。

7月4日

ひた青《あを》き　甕《かめ》のみなぞこ　ひろければ　海《わた》のみ中《なか》と　めだか住《す》むらし

はてしなく広がる群青《ぐんじょう》の海に住んでいると、青い甕のメダカは思っているらしい。ゆったりと泳ぐ、この屈託のないメダカが羨《うらや》ましい。

7月5日

屋根裏《やねうら》の　ねずみしば鳴《な》く　くちなはの　うかがひよるか　明《あ》けやすき夜《よ》を

屋根裏のネズミがしきりに鳴く。きっと蛇がしのび寄っているのであろう。この短夜に。赤裸々な生命の格闘を思う夏の夜の作者である。

7月6日

芸術に専念して精進するなら、たより無さは子も親も変《かは》りはない。

芸術は志を立て生涯を賭けて成否を問うもの。伝授されるものではない。その道の厳しさは師匠も弟子も変わりはない。この茨《いばら》の道は八一自身の歩いた道。「友人吉野秀雄」

7月7日

星ならば君はどの星夕涼み

今や天界におわします君、どの星となって輝いておられるのだろうか。と思いながら夕涼みの空を見上げたことだ。「吉田東伍博士追懐録」

7月8日

おおらかに　ひと日《ひ》を咲《さ》きて　うつろへる　泰山木《たいさんぼく》の　花《はな》の色《いろ》かも

花終わりたり。大きな花弁いっぱいに開いた泰山木の花、つかの間燦々《さんさん》と純白の花を咲かせて萎《しお》れてしまった。この花の意志的とさえ思える潔さに作者は共感している。

7月9日

このごろは　もの言《い》ひさして　何《なに》ごとか　九官鳥《きうくわんてう》の　たか笑《わら》ひすも

近ごろわが家の九官鳥はなぜか、ものをいいかけては、途中でやめて高笑いするのだ。時勢を慨嘆しながらも、黙して語らざる人物がそうするように。１９４０年作。

7月10日

こもりゐて　黙《もだ》せる我《われ》や　心《こころ》なく　語《かた》らむ鳥《とり》に　然《しか》ざるなゆめ

私は家に籠《こも》りひとり沈黙してこう考えた。仮にも無心に人語をしゃべる九官鳥に劣ってはならない。人たるものの言葉は、他人のうけ売りや借り物であってはならないと。

7月11日

養女きい子は酸寒なる書生生活に堪へ、薪水のことに当り内助の功多し。

きい子20歳にして秋艸堂に入り、14年にわたり家事の労に携わって八一の貧しい学究生活をよく支えた。かねてより療養の身であったが、中条丹呉家の観音堂で永眠した。「山鳩」序。

7月12日

いとのきて　けさを苦《くる》しと　かすかなる　そのひとことの　せむすべぞなき

秋萩の花を待つ病《やまい》の養女《むすめ》の「とても今朝は苦しい」というかすかな一言。何としよう、なすすべもない。１９４５年7月10日養女きい子死去。哀傷歌「山鳩《やまばと》」21首をつくる。

7月13日

山鳩《やまばと》の　とよもす宿《やど》の　静《しづ》もりに　なれはもゆくか　ねむるごとくに

山鳩がしきりに鳴く観音堂の静けさの中、はやお前は逝《い》ってしまうのか――。こうして眠るようにして。敗戦の日の迫り来るころであった。

7月14日

ひかりなき　常世《とこよ》の野辺《のべ》の　はてにして　なほか聞《き》くらむ　山鳩《やまばと》の声《こゑ》

今日もまた山鳩が鳴いている。光なき死の国、常世の野辺の果てにいて、やはりこの声を聞いているだろうか。山鳩の声が「現世」と「常世」をつなぐ。

7月15日

ひとりゆく　黄泉路《よみぢ》のつかさ　言《こと》とはば　わがともがらと　宣《の》らましものを

幽明の境の坂を下れば、そこは暗黒の黄泉の国。ひとりゆく黄泉路の旅で、もしも司《つかさ》が問いかけたなら「會津八一の仲間うち」と名のるがよい。

7月16日

かなしみて　いづれば軒《のき》の　茂《しげ》り葉《は》に　たまたま赤《あか》き　石榴《せきりう》の花《はな》

悲しみのあまり表に出てみると、茂り葉の中に、何と、赤いザクロの花が―。ザクロはギリシャ神話の死の果実、死の国でザクロを食べればもはや地上に戻ることはできない。

7月17日

百合《ゆり》一枝《いっし》あまり短く折《をり》にけり

百合を一枝、妙に短く剪《き》ってしまった。立ち姿の清らかな白百合の花を。人知れず私は嘆息《ためいき》をついた。作者の心中に、美人の姿を形容する「歩く姿は百合の花」があったか。

7月18日

水底《みなぞこ》の　くらき潮《うしほ》に　朝日《あさひ》さし　昆布《こぶ》の広葉《ひろは》に　魚《うを》のかげゆく

海底の暗い潮に朝日がさして、海の世界がほの見えてくる。昆布の広い葉の間を、魚がゆらゆらと泳いでゆく。千葉県勝浦での歌。海中をゆく魚影は想像世界のものであろう。

7月19日

いくとせの　大《おほ》御《み》いくさを　還《かへ》りきて　また読《よ》みつがむ　いにしへの文《ふみ》

若者よ。詔《みことのり》によるこのいくさが幾年続こうとも、無事還《かえ》って、また古い書物を読み継ごうではないか。学業半ばで召集される学生の生還を願う老学者の真情。１９４２年詠。

7月20日

いくとせの　命《いのち》真《ま》幸《さき》く　この門《かど》に　君《きみ》をし待《ま》たむ　われ老《お》いぬとも

幾年もの戦いに命つつがなく還《かえ》る君を、私はきっとこの門前で待っていよう。たとえ老いてしまおうとも。青年の後ろ姿を見送り、無事帰還を待つ祈りの歌。１９４２年詠。

7月21日

夏痩せて浮世《うきよ》を白く睨《にら》まばや

夏痩せで目もくぼんでしまった。さてこの風貌で、浮世をにらみつけたいものだ。中国故事「よく青白眼をなす」を踏まえて、夏痩せをユーモラスにうたう。

7月22日

さきだちて　僧《そう》が捧《ささ》ぐる　ともし火《び》に　くしきほとけの　眉《まゆ》あらはなり

先だって案内する僧が捧げ持つ灯明で、みほとけの、湾曲した霊妙《れいみょう》な眉がくっきりと迫ってくる。観心寺如意輪観音像をうたう。神秘的官能美をたたえた密教美術の代表作。

7月23日

なまめきて 膝《ひざ》にたてたる 白妙《しろたへ》の ほとけの肱《ひぢ》は うつつともなし

膝の上にたてた白い肱、みほとけの官能的な美しさに、私は陶然として眺め入った。観心寺如意輪観音像は左右三臂《さんび》の六臂像、右の第1手を膝上で折り曲げ頬を支える。

7月24日

私は一つの法帖《はふでふ》を見つめることをしない。必ず他の法帖を出して見る。

例えば名筆を収めた法帖から筆跡の美しさを学ぶにしても、一つの書法の虜《とりこ》にならないように用心する。独自性追究の道の一端を語る。「書道について」

7月25日

わが恋《こ》ふる　大《おほ》きみ寺《てら》の　名《な》に負《お》へる　鳥《とり》の斑鳩《いかるが》　これにしありけり

私が前々からどんな鳥か見たいと思っていたイカルガ。法隆寺の別称斑鳩寺の名をもつ鳥は、まさにこの数珠掛鳩《じゅずかけばと》であるよ。鳥屋の店頭で小躍りする作者。

7月26日

木《こ》がくれて　鳴《な》けや斑鳩《いかるが》　明日《あす》よりは　畑《はた》のはてなる　人《ひと》も聞《き》くがに

明日からは武蔵野の森の木陰で鳴けよイカルガ。我こそ斑鳩寺を名に負うイカルガであると、声高々と歌え。畑の果てにいる人も聞くように。イカルガを入手した喜びをうたう。

7月27日

天《あま》がける　心《こころ》はいづく　白髪《しらかみ》の　乱《みだ》るるすがた　われと相《あひ》みる

天空をかけるような青雲の志はどこへ行ったのだ。今はただ鏡に映る白髪の乱れる影とわれとが見つめ合うばかり…。唐の詩人張九齢《ちょうきゅうれい》「鏡に照らして白髪を見る」の大意をくむ。

7月28日

海《うみ》にして　なほ流《なが》れゆく　大河《おほかは》の　かぎりもしらず　暮《く》るる高《たか》どの

高楼《こうろう》に登れば、眼下の大河は悠々と流れて限りなく、海に注いでなお流れゆく。高楼の眺めもすでに暮色に包まれている。唐の詩人王子渙《おうしかん》「鸛雀楼《かんじゃくろう》に登る」の大意をくむ。

7月29日

吾《われ》に似よと一つ大きな南瓜《かぼちゃ》かな

「われに倣え」と、大きな南瓜が一つ呼びかけた―。家塾の塾生に「学規」四則を与えた際に詠んだ句。大きな南瓜は「学規」の実践を心掛けている作者自身をいう言葉。

7月30日

現《うつ》し身《み》は　いづくのはてに　草《くさ》生《む》さむ　春日《かすが》の野《の》辺《べ》を　おもひでにして

戦いに出てゆくこの若者たちの身は、どこの地の果てで苔むす屍《かばね》となるのだろうか。この日の春日野を思い出にして―。１９４３年学生を率いた最後の奈良旅行での作。

7月31日

あをによし　奈良《なら》のみほとけ　ひたすらに　幸《さき》くいませと　いのるこのごろ

戦争はいよいよ激しさを増し、米軍機の襲来も防ぎようはない。今はひたすらに奈良のみほとけの無事を祈るばかりである。戦争末期の奈良美術研究者の心理をうたう。

8月1日

かかる日に吾《われ》生まれけむ暑さかな

私はこんな日に生まれたんだなあ――。今日はほんとに暑い日だ。八一は1881年8月1日生まれ。誕生日にちなんで命名され、旧暦の8月1日「八朔《はっさく》」を自らの雅号とした。

8月2日

みんなみに　明日《あす》はゆかむと　ひとり来《き》て　静《しづ》かに立《た》てり　夕月《ゆふづき》のもとに

南方に明日は行きますと、ひとり訪れて、夕月のもとにひっそりと立つ若き海軍少尉よ。再びは師に見《まみ》えずと別れを告げる若者に、師は万感胸にせまる。１９４３年詠。

8月3日

言《こと》あげせず　出《い》で立《た》つ心《こころ》　ひたぶるに　わが大君《おほきみ》に　死《し》なむとすらむ

言葉にだして何もいわずに、戦場に出発する若者よ。君の心は、ただひたすらに、天皇のために死のうとするのであろう――。１９４３年詠。

8月4日

厨辺《くりやべ》は　こよひも乏《とも》し　ひとつなる　りんごを裂《さ》きて　君《きみ》とわかれむ

若者は明日南の戦地に発《た》つという。とぼしいわが家の厨。君よ、せめてもリンゴひとつを分けあって、別れの盃《さかずき》としようではないか。１９４３年詠。

8月5日

思《おも》へ人《ひと》　汝《な》がもろ腕《うで》の　手《た》ぢからに　よりてかかれる　父母《ちちはは》の国《くに》を

高らかに心をかかげて思いみよ。君たちの両腕の力に父母の国の興亡がかかっていることを。いつ死地に赴くともしれない若者に向けて時代の大義をうたう。１９４２年詠。

8月6日

な撞《つ》きそと　書《か》かれる鐘《かね》を　仰《あふ》ぎみて　腕《うで》さしのべつ　何《なに》すともなく

東大寺鐘楼に登ると、音響管制により「鐘をついてはならぬ」と書かれている。鐘を見上げながら、何をするわけでもなく、おのずと腕を近づけてみた。１９４３年詠。

8月7日

さをしかの　耳《みみ》の綿《わた》毛《げ》に　聞《き》こえこぬ　鐘《かね》を久《ひさ》しみ　恋《こ》ひつつかあらむ

今は聞くことができない東大寺の鐘の音、春日野の鹿も、耳の綿毛に久しく聞こえてこないので、恋しく思っているのではないか。管制下の鐘を浪漫的にうたう。１９４３年詠。

8月8日

ぬか味噌《みそ》の茄子《なす》紫に今朝の秋

ぬか味噌に漬けた茄子が、今朝はことのほか鮮やかな紫色に染まっている。今日は立秋なのだ。涼《すず》気《け》立つと漬け上がりの色がよくなる。句の主題は立秋を迎えたうれしさ。

8月9日

一体美術をば至上だの永遠だのと、誰が言ひ出したことであらう。

芸術は人間あっての芸術、人間と共に変遷盛衰があろう。時代とのっぴきならぬものならば、その時代とともに衰微してゆく。永遠性などは期待しない方がよい。「東大寺断想」

8月10日

観音《くわんおん》の 堂《だう》の板間《いたま》に 紙《かみ》しきて うどんの黴《かび》を ひとり干《ほ》しをり

すでに養女きい子は死出の旅に赴いた。山鳩《やまばと》がしきりに鳴く観音堂、ひとり板の間に紙を敷き黴の生えたうどんを干すことだ。過酷な生活の細部をうたう。１９４５年の作。

8月11日

門川《かどがは》の 石《いし》におりゐて 鍋底《なべぞこ》の 炭《すみ》けづる日《ひ》は 暮《く》れむとするも

観音堂の門前を流れる小川の踏み石におりて、煮炊きする鍋底の炭を削り落とす。こうして今日の日も暮れてゆくのだ。生活の象徴的な事象としてうたう。

8月12日

植《う》ゑおきて　人《ひと》はすぎにし　秋《あき》萩《はぎ》の　花《はな》ぶさ白《しろ》く　咲《さ》きいでにけり

秋には萩の花を見たいと植えおいた人はもういない。その萩が花房も白く咲き始めたことよ。白萩は形見の花であるとともに、作者はこの花に亡き養女の面影を見ている。

8月13日

ひそみ来《き》て　誰《た》がうつ鐘《かね》ぞ　さ夜《よ》ふけて　ほとけも夢《ゆめ》に　入《い》り給《たま》ふころ

ひそかにお参りするのは誰かしらん。観音堂に鐘の音がする。夜もふけて、ほとけも人の夢に姿をお見せになるころというのに。平安後期の歌謡集「梁塵《りょうじん》秘抄《ひしょう》」を踏まえる。

8月14日

朝顔や夢のやうなる風が吹く

濃紺したたる朝顔の花。だがほどなく儚《はかな》い無常の風が吹いて、夕べを待たずに萎《しお》れるのだ。朝顔は平安の昔より無常の花とされている。友人の祖母の訃報に接して詠んだ句。

8月15日

日本としては初めてのことなるも、徒《いたづら》に慷慨《かうがい》悲傷に終《をは》るべからず候《さうらふ》。

敗戦を迎え、ただ悲嘆し呪詛《じゅそ》の声を放つに終わってはならない。興亡絶え間ない中国の詩人は悲惨な状況下に優れた文学を生みだしたのだ。暗黒時代の心得を諭す。吉池進宛て。

8月16日

大《おほ》き人《ひと》　出《い》でて教《をし》へよ　諸人《もろびと》の　よりて進《すす》まむ　一筋《ひとすぢ》の道《みち》

未曽有の国難が予想される虚脱と混乱の中をどのように生きてゆけばよいのか。大いなる賢者よ、今こそ現れて昏迷《こんめい》する人々に、進むべき一筋の道を教えてほしい――。

8月17日

ひとつ火《ひ》の　光《ひかり》もしらず　暗《くら》き野《の》の　はてにも道《みち》の　あらざらめやも

孤灯の光さえ見えないこの困難な時代でも、人の進むべき道はきっとあるはずだ。詞書《ことばがき》「つらつら世情をみてよめる」。孤身老残の作者自身への鼓舞でもある。

8月18日

つかさ人《びと》　こと誤《あやま》りて　ひとひらの　焼野《やけの》と焼《や》きし　国《くに》ぞくやしき

国を治める者が為政を誤って、国土をほんの一片《ひとひら》の焼野のように焼いてしまった。何とも腹立たしいことだ—。戦争によって、生活を根底から破壊された者の怒りであろう。

8月19日

おしなべて　国《くに》はもむなし　とりいでて　わが古《ふる》ぶみを　たれに嘆《なげ》かむ

すべてを失ってしまったこの国。それにしても、かけがえのない私の古書の焼失は誰に向かって嘆けばよいのか。長年収集の図書・資料が灰燼《かいじん》に帰した作者のやり場のない憤り。

8月20日

露《つゆ》すでに　朝《あさ》なあさなを　深《ふか》からし　新薬師寺《しんやくしじ》の　庭《には》のくさむら

新秋を迎えた新薬師寺、庭の草叢《くさむら》も、朝ごとに露にぬれていることだろう。１９４６年８月

「広辞苑」の編者新村《しんむら》出《いずる》が新薬師寺を訪れて作者に寄せた歌への返歌。

8月21日

碑《いしぶみ》の　歌口《うたくち》ずさみ　立《た》ちいづる　君《きみ》がたもとの　白萩《しらはぎ》の花《はな》

私の歌碑の歌を口ずさんで、新薬師寺の門を出ようとするあなたの袖に、白萩の花が触れてゆらめく。新村博士に歌碑のまわりの白萩を添えて、挨拶の歌とする。

8月22日

片なびくビールの泡や秋の風

ビールの白い泡が一方になびいている。秋風の到来かな――。秋が来たと目には見えないが、風の音で気付かされたという古歌がある。この句はあべこべに秋を目で知る。

8月23日

金泥《こんでい》の　ほとけ薄《うす》れし　紺綾《こんりょう》の　大曼荼羅《だいまんだら》に　虻《あぶ》の羽《はね》うつ

金色のほとけが薄れた紺綾《あや》地《じ》の大きな曼荼羅（悟りの世界の図示）に、こともあろうに虻が羽をうちつけている。曼荼羅に虻は、人の心に内在する聖と俗・光と闇を意味しよう。

8月24日

秋《あき》萩《はぎ》は　袖《そで》にはすらじ　ふるさとに　ゆきてしめさむ　妹《いも》もあらなくに

赤紫の萩の花を着物の袖にすりこんだ万葉人のように、花摺衣《はなずりごろも》なんか作らない。故郷に帰ってもみせる恋人がいないのだもの。萩に恋を絡める万葉歌を踏まえた作者初期の歌。

8月25日

いかるがの　里《さと》のをとめは　夜《よ》もすがら　衣《きぬ》機《はた》織《お》れり　秋《あき》ちかみかも

法隆寺のある斑鳩《いかるが》の里に宿ると、機の音が聞こえてくる。里のおとめは夜のふけるまで着物を織るという。秋が近いせいであろうか。斑鳩の秋の気配をうたう。

8月26日

東坡《とうば》去つて八百年の茘子《れいし》かな

茘子を好んだ宋の詩人、蘇東坡《そとうば》がこの世を去ってから、８００年たって食べる茘子となるよ。
茘子は中国南部原産の果実。作者は留学生に故郷から持参することを約束されて喜ぶ。

8月27日

天地《あめつち》の　いかなる力《ちから》　率《あとも》ひて　このひと巻《まき》の　我《われ》にせまれる

森羅万象のどのような力を結集して、この歌集一巻はこれほど私の胸に迫るのか。歌人斎藤茂吉から歌集「暁紅」を贈られ、その答礼として短歌5首を寄せた。１９４４年詠。

8月28日

あしびきの　山《やま》の山精《すだま》と　こもりゐて　詠《よ》みけむ歌《うた》か　さ夜《よ》の降《くだ》ちを

箱根の山の精霊となって山中にこもり続け、しんしんと夜の更けわたるころに詠んだ歌なのであろうか。斎藤茂吉の歌集「暁紅」を読み、人知を超えた作品であると称賛する。

8月29日

いかでわれ　ひとたび行《ゆ》きて　現《うつ》し身《み》の　君《きみ》とあひ見《み》む　秋《あき》の日《ひ》影《かげ》に

なんとか一度お訪ねして、実際にあなたとお会いしたいものです。秋の日差しの中で。「君」は歌集「暁紅」の著者斎藤茂吉。初対面は１９４５年４月空襲下で実現する。

8月30日

竹叢《たかむら》に さしいる影《かげ》も うらさびし ほとけいまさぬ 秋篠《あきしの》のさと

竹林に差し込む日の光も何となくさびしく感じられる。みほとけがいらっしゃらないこの秋篠の里よ。当時秋篠寺は仏像の多くを奈良博物館に寄託していた。

8月31日

秋篠《あきしの》の み寺《てら》をいでて 返《かへ》りみる 生駒《いこま》が岳《たけ》に 日《ひ》は落《お》ちむとす

秋篠寺を出て西方をふり返ると、まさに万葉集恋の歌の生駒山が浮かんでいる。いま日が沈もうとしているよ。生駒山の強調として「返りみる」の動作を入れて突如出現させる。

9月1日

うちひさす　都《みやこ》大路《おはぢ》も　わたつみの　波《なみ》のうねりと　地震《なゐ》ふりやまず

「うちひさす」都の枕詞《まくらことば》。地震で東京市街の大通りも、大海の波のうねりのように揺れてやまない。1923年9月1日関東大震災発生。作者は秋艸堂で体験、短歌8首を詠む。

9月2日

溝川《みぞがは》の　底《そこ》のをどみに　白妙《しろたへ》の　もののかたちの　見《み》ゆるかなしさ

道に沿う溝のよどみに沈む白いもの、遺体が見えて胸がつまる。震災で4万人が焼死したという、深川被服廠《しょう》跡の惨状。雅語「白妙の」はこの場合意外性をねらう子規以来の方法。

9月3日

うつくしき　炎《ほのほ》に書《ふみ》は　燃《も》えはてて　人《ひと》むくつけく　残《のこ》りけらしも

美しい炎となって、書物は燃えてしまい、その持ち主は醜い姿で生き残ったらしいなあ。被災して蔵書の焼失を悲嘆する友人山口剛《たけし》（国文学者）に、諧謔《かいぎゃく》をもって同情をよせる。

9月4日

わがやどの　ペルウの壺《つぼ》も　砕《くだ》けたり　汝《な》がパンテオン　つつがあらずや

震災でわが家の珍品、南米ペルーの壺も砕けてしまった。ローマの神殿パンテオンのような、神像土偶を集めたあなたの住まいはつつがなきや否や。敬愛する淡島寒月によせる。

9月5日

秋風や知らぬといへば知らぬなり

秋風が白じろとそっけなく吹き過ぎてゆく。達磨《だるま》もまた、お前は何者かという帝《みかど》の問いに「知らぬといったら知らぬ。すべては空《くう》」とうそぶく。１９１３年、淡島寒月の達磨の画に賛。

9月6日

おこたりて　草《くさ》になりゆく　広庭《ひろには》の　入《い》り日《ひ》まだらに　虫《むし》の音《ね》ぞする

草取りもせずに、雑草がのび放題の武蔵野秋艸堂の庭、木の間を洩《も》れる夕日が斑《まだら》にさして、虫の音がする――。万象の生気をよろこび、自然の摂理にしたがう主《あるじ》である。

9月7日

わが門《かど》の　荒《あ》れたる畑《はた》を　描《ゑが》かむと　二人《ふたり》の絵《ゑ》かき　草《くさ》に立《た》つ見《み》ゆ

秋艸堂の門先の荒れた畑、これを描こうとしてか、2人の絵かきが草の中に立っているのが見える。2人は画家中村彝《つね》の門下。人物の登場が歌に物語性を与える。

9月8日

もろ脚《あし》に　土《つち》ふみしめて　こぞり立《た》て　国《くに》よみがへる　今朝《けさ》のあしたを

両足で大地を踏みしめ、みな一斉に立ち上がれ。日本が新しく蘇《よみがえ》るこの朝に。1951年9月8日、サンフランシスコ講和条約締結に際しての、新生日本への応援歌。

9月9日

かたむきて うち眠《ねむ》りゆく 秋《あき》の夜《よ》の 夢《ゆめ》にもたたす わがほとけたち

奈良へ向かう車中、身をかたむけて眠る秋の夜の、夢にさえお立ちになるよ。わがみほとけたち――。奈良の諸仏に対する強い憧れを、浪漫的にうたう。

9月10日

春日野《かすがの》に おしてる月《つき》の ほがらかに 秋《あき》の夕《ゆふ》べと なりにけるかも

春日野一面に照りわたる月、まさに明るくかがやいて、すでに秋の夜の気配であるよ。秋到来の喜びをうたう。古代の月の名所を、朗々たる古代調でうたい上げる。

9月11日

春日野《かすがの》の　み草《くさ》折《を》り敷《し》き　臥《ふ》す鹿《しか》の　角《つの》さへさやに　照《て》る月夜《つくよ》かも

皓々《こうこう》とかがやく春日野の月よ。草の上に寝ている鹿の角まで、くっきりと照らしだしている——。「さへさやに」という同音を繰り返す装飾的な音が、情景をいっそう美しくする。

9月12日

うち臥《ふ》して　もの思《も》ふ草《くさ》の　枕辺《まくらべ》を　朝《あした》の鹿《しか》の　群《む》れ渡《わた》りつつ

春日野の草に身を横たえて、遠い昔の奈良にうつらうつら思いをはせていると、枕元を朝の鹿が群れをなして通り過ぎてゆく。上下の句が古代と現代で対応している。

9月13日

しら露や君とうねらむ萩《はぎ》の径《みち》

萩の花にやどる白露、こぼさぬようにと萩の枝がしなう。この萩の小道を、あなたと共にうねりながらゆくことにしよう。芭蕉句「白露もこぼさぬ萩のうねりかな」を踏まえる。

9月14日

おほてらの まろき柱《はしら》の 月影《つきかげ》を 土《つち》にふみつつ ものをこそ思《おも》へ

唐招提寺金堂の月の光をうけた円《まる》い列柱、その長い影を地にふみながら行きつもどりつ、古い奈良の都を思い、遠い世のギリシャの神殿を思う。作者の古代憧憬《しょうけい》の歌の代表作。

9月15日

日本人が始めて世界的な芸術の潮流に興奮し、活動を興したのが奈良美術。

ギリシャの美術活動がアレキサンダー大王の東征と共にインドの仏教美術に影響し、中国に伝わる。奈良美術はこの多分に国際的な中国美術に学んだものである。「奈良美術に就て」

9月16日

近代はロダンのように、胴ばかり、手足ばかりの彫刻をする人が出ている。

遠くギリシャをみれば、人体ならその全体を彫刻し、濃厚な色彩を施す。奈良美術の場合も然《しか》り。古代彫刻の背後には常に悠遠な広い世界が存在している。「奈良美術に就て」

9月17日

毘楼博叉《びるばくしゃ》 眉根《まゆね》よせたる まなざしを まなこにみつつ 秋《あき》の野《の》をゆく

東大寺戒壇院の西方《さいほう》護神ビルバクシャの、眉を凸字形にひそめた険しいまなざし、その威力にうたれたまま、独りしおしおと秋の野をゆく――。異国音ビルバクシャが歌のまなこ。

9月18日

戒壇《かいだん》の ま昼《ひる》の闇《やみ》に たちつれて 古《ふる》きみかどの 夢《ゆめ》をこそまもれ

東大寺戒壇院の四天王像、ま昼の闇に立ち並んで、創建者である聖武天皇の鎮護国家の理想を守っているのだ。歌の深層は衰微した堂にむなしく立つ四天王像に対する嘆き。

9月19日

今朝《けさ》の朝《あさ》　描《ゑが》きし菊《きく》の　白露《しらつゆ》の　乾《かわ》きなはてそ　年《とし》は経《へ》ぬとも

今日の朝、墨で描いた菊図の白露、どうかこのまま乾かないでいてくれ。たとえ年月を経ようとも。作者は「白露」の光が失われることを恐れる。詞書《ことばがき》「菊を描きて」。自画題歌。

9月20日

竹《たけ》描《ゑが》く　筆《ふで》の下《した》より　吹《ふ》きいでて　み空《そら》にかよふ　秋風《あきかぜ》の音《おと》

竹を描くと、おのずから筆の下より風が吹き起こり、やがて天空にいたる秋風の音となって聞こえてくる。詞書《ことばがき》「風竹を描きたる上に」。自画題歌。歌が画に神秘性を与える。

9月21日

保存保存といくら大騒ぎしても、いつまでもあの古い壁の保存はできない。

１９４９年１月法隆寺壁画焼損。かねがね筆者は壁画を切り取り他に保存することを主張していた。「法隆寺金堂の焼損について」で、それが実現されていればと残念がる。

9月22日

ひとり来《き》て　めぐるみ堂《だう》の　壁《かべ》の絵《ゑ》の　ほとけの国《くに》も　荒《あ》れにけるかも

ひとり法隆寺を訪れて、めぐり見る金堂壁画、ほとけの国、浄土も随分荒れてしまったことよ。壁画の剥落を、仏国の荒廃におきかえた機知が歌に生彩を与える。

9月23日

いたづきの　枕《まくら》にさめし　夢《ゆめ》のごと　壁《かべ》絵《ゑ》のほとけ　薄《うす》れゆくはや

傷みのすすむ金堂壁画、みほとけが、私の病の枕に覚めた夢のように、薄れてゆくよ、ああ。荒廃に対するかぎりない哀惜をうたう。詞書《ことばがき》「病中法隆寺をよぎりて」。

9月24日

薄《うす》れゆく　壁《かべ》絵《ゑ》のほとけ　もろともに　わが玉《たま》の緒《を》の　絶《た》えぬともよし

消え薄れゆく金堂壁画、このみほとけとともに、私の命も絶えてしまってもよい。剥落する壁画に対する極限的な陶酔をうたう。滅びゆくものは美しい懐古の夢を与える。

9月25日

月に来ませ故郷の鮎《あゆ》をふる舞はむ

秋月の美しいころに遊びにおいでください、故郷新潟の鮎を振る舞いましょう。東京在住の作者が、越後の清流で釣った鮎の干物を贈られて友人を誘う。

9月26日

雁来紅《がんらいこう》の爛斑《らんぱん》蹌踉《さうらう》の痴態を愛するがためにこの物を植う。

「雁来紅」（葉鶏頭《はげいとう》）16首前書《まえがき》。爛斑《まだら》な乱れ髪、蹌踉《よろめく》足もと、筆者は雁来紅に超俗の酔客《すいかく》をみて愛好する。中国清朝末の文人呉昌碩《ごしょうせき》に、ほぼ同様の意の詩がある。

9月27日

つくり来《こ》し　この二十年《はたとせ》を　かまづかの　燃《も》えの荒《すさ》みに　われ老《お》いにけむ

かまづか（雁来紅《がんらいこう》の和名）を作り続けて20年、燃え立つ鮮やかな赤に心を奪われて、私は年老いてしまったようだ。「荒み」は勢いにまかせた盛んな状態。１９４０年の作。

9月28日

かまづかの　下照《したて》る窓《まど》に　肱《ひぢ》つきて　世《よ》をあざけらむ　利心《とごころ》もなし

かまづかの赤々と照り映える窓に肱をつき、うっとりと眺める。かつては伎楽面と肩を並べて世を見下してやろうなどとうたったものだが、もうそんな鋭い心はない。

9月29日

唐墨《からすみ》を いや濃《こ》くすりて かまづかの このひと叢《むら》は 描《ゑが》くべきかな

燃え立つかまづかの一群、これを描くなら墨色に深みのある中国の墨、唐墨をひと際濃く磨《す》って書くのがよいのではないか――。花にこもる怪しい精気を写そうとする。

9月30日

秋風や仏にならば大仏に

慈眼《じげん》温容、半丈六（2・43メートル）の、上越五智如来《にょらい》を拝んだのち、秋風に吹かれながら考えた。もし私が仏になるなら、丈六（4・85メートル）の威容を構えた大仏になりたいと。

秋から冬へ

10月〜12月

10月1日

しぐれ降《ふ》る　野末《のずゑ》の村《むら》の　木《こ》の間《ま》より　見《み》いでてうれし　薬師寺《やくしじ》の塔《たふ》

時雨の中、大安寺をでて西の彼方《かなた》を眺めると、野末の村の木の間から、あの薬師寺の塔が——。
図らずも風景の奥に塔を見つけた喜びをうたう。核心は薬師寺東塔への憧れ。

10月2日

水煙《すゐえん》の　天《あま》つ乙女《をとめ》が　衣手《ころもで》の　ひまにも澄《す》める　秋《あき》の空《そら》かな

薬師寺東塔のはるかな頂上、火焔《かえん》状の美しい透かし彫りの水煙が、空と重なって天上世界をつくる。飛雲の中に舞う天女、その天衣《てんね》の隙間からさえ、澄んだ秋の空が見える。

10月3日

薬師寺東塔の全高は百二十五尺、よく均衡を得、その美しさは類《たぐひ》ない。

薬師寺東塔は総高34・1メートル、各層に裳階《もこし》（小さい屋根）のある三重の塔。大小の屋根の重なりが律動的で美しく、フェノロサが「凍れる音楽」と称賛した。「薬師寺三重塔」

10月4日

東塔頂上の相輪も全長と均衡がとれ、上の水煙には天女が歌舞する。

塔の上層は相輪といわれる装飾部。まず心柱《しんばしら》を飾る九輪《くりん》、その上に透かし彫りの水煙があり、24人の飛天が笛を奏で、花を撒《ま》き、衣を翻して歌舞を捧げる。「薬師寺三重塔」

10月5日

草《くさ》にねて 仰《あふ》げば軒《のき》の 青空《あをぞら》に 雀《すずめ》かつ飛《と》ぶ 薬師寺《やくしじ》の塔《たふ》

草原に寝て美しい東塔を仰ぎみる。澄んだ青空に塔の軒がくっきりと浮かんで、スズメが次々に飛び立ってゆく――。つぶてのように飛ぶスズメが塔の壮麗さを際立たせる。

10月6日

あらし吹《ふ》く 古《ふる》き都《みやこ》の なか空《ぞら》の 入《い》り日《ひ》の雲《くも》に 燃《も》ゆる塔《たふ》かな

嵐の吹きすさぶ古き都の中空、入り日の雲もろともに、赤々と燃え立つ薬師寺の塔よ。この時代の詩歌人が、しばしばそうしたように、ゴッホの目をもって鮮烈な印象をうたう。

10月7日

万葉集の鹿は恋の動物だが、すでにマンネリズムに陥らうとしている。

万葉集に登場する鹿は遠方の鳴き声だけで姿を見せないが、妻恋いに鳴き、萩の花を訪れる。優しく擬人化され、それがマンネリ化している。「東洋美術史講義」

10月8日

木《こ》がくれて　争《あらそ》ふらしき　さ牡《を》鹿《しか》の　角《つの》のひびきに　夜《よ》は降《くだ》ちつつ

春日野の木立の奥に牝《めす》を争う牡《おす》鹿、角を打ち合うひびきも冴《さ》えて、秋の夜はふけてゆく。万葉以来、歌にまつわる「恋」の鹿を払《ふっ》拭《しょく》して、生々しい野性をうたう。

10月9日

恨《うら》みわび　立《た》ち明《あ》かしたる　さ牡《を》鹿《しか》の　燃《も》ゆるまなこに　秋《あき》の風《かぜ》ふく

遂げられぬ恋に一夜を恨み明かした牡《おす》鹿、赤く燃える眼《まなこ》に冷えびえと秋風が吹く。争いに敗れた鹿の擬人化が歌の主題。歌の成功要因は百人一首引用の「恨みわび」。

10月10日

私の歌集には奈良の歌が多いので、それに因《ちな》んで「鹿鳴集《ろくめいしふ》」とした。

鹿の鳴き声は大っぴらで高調子、それでいて人の心にしみ入る。こんな風に伸びやかな調子で、ひびきのよい歌を心がけていたので「鹿鳴」を歌集名に用いた。「鹿の歌二首」

10月11日

道《みち》の辺《へ》の　小草《をぐさ》の露《つゆ》に　立《た》ちぬれて　わが大君《おほきみ》を　待《ま》ちたてまつる

今日は天皇ご巡幸の日、私はこうして道端の草の露にぬれながらお待ち申し上げている。１９４７年10月、昭和天皇が新潟県内を巡幸。作者は古代天皇の国見《くにみ》を思い合わせる。

10月12日

稲《いね》刈《か》ると　田中《たなか》にたてる　乙女《をとめ》らが　うち振《ふ》る袖《そで》も　みそなはしけむ

天皇ご巡幸には、越後平野にお立ちになって、稲を刈ろうと田んぼにいる乙女たちが、歓迎の意をこめて袖を振るのも、ご覧になったことであろう。作者の想像上の情景か。

10月13日

里《さと》の子《こ》と 手毬《てまり》つきつつ 遊《あそ》びたる 法師《ほふし》が歌《うた》を 聞《き》こえまつらむ

天皇ご巡幸の節には、里の子どもと手毬をついて遊んだ良寛禅師の歌についてお話し申し上げよう。作者に進講の話があったが、経緯《いきさつ》があり辞退した。これを遺憾に思い苦悩する。

10月14日

懐に熱きこぶしや秋の風

秋風に吹かれつつ、私は熱き思いをこめて拳を握りしめ、決意を新たにする。１９０８年８月、初めて奈良を訪問した際の句。古代文化に触れて期するところがあったか。

10月15日

わが友《とも》よ　よき文《ふみ》綴《つづ》れ　ふるさとの　水《みづ》田《た》の畔《あぜ》に　読《よ》む人《ひと》のため

わが友、社員諸君よ、心をこめてよい新聞を作れ。このふるさと越後の、水田の畔で読む人のために。詞書《ことばがき》「新潟にて『夕刊ニヒガタ』を創刊するとて」。１９４６年社長に就任。

10月16日

最近の漢字制限について、新聞社でもいろいろな意見があると思ひます。

当用漢字の公布は漢字数は減らすが、根本の言葉を減らすのではない。新聞人は文化の趨勢《すうせい》と時代の必要に応じて任を果たすのが望ましい。「漢字の認識」社内講演１９４６年。

10月17日

乙女《をとめ》らは　かかる寂《さび》しき　秋《あき》の野《の》を　笑《ゑ》み傾《かたま》けて　もの語《がた》りゆく

こんなに寂しい秋の春日野を、乙女らは身を傾け笑いさざめきながら行くよ。明治大正の古代憧憬《しょうけい》の詩歌絵画に、しばしば美しい古代乙女が登場する。この歌もその流れのもの。

10月18日

乙女《をとめ》らが　もの語《がた》りゆく　野《の》の果《は》てに　見《み》るによろしき　寺《てら》の白壁《しろかべ》

ほんのり赤い頬の万葉乙女のような、春日野の乙女らが賑《にぎ》やかに話しながらゆく。野の果てには、万葉の昔さながらの、美しい白壁の寺が見える。古代憧憬《しょうけい》者が思い描く一幅の絵。

10月19日

夕《ゆふ》されば 岸《きし》の埴生《はにふ》に よる蟹《かに》の 赤《あか》き鋏《はさみ》に 秋《あき》の風《かぜ》ふく

春日山の石仏にいたる滝坂の道、夕暮れの川の岸辺の土に、カニが這《は》い寄り、赤い鋏に白々と秋の風が吹いている。「赤き鋏」が視覚的効果をあげる。

10月20日

豆柿《まめがき》を あまたもとめて 一《ひと》つづつ 食《く》ひもてゆきし 滝坂《たきさか》の道《みち》

春日山をゆく滝坂の道を、豆柿を背負って石畳の道を下りてくる村人、その柿をあまた求めて一つずつ食べながら行く。「柿を食う」の用例は「柿くへば」と子規にある。

10月21日

栗落つる枕も青き月夜かな

秋は深まる。青い月の光が寝所にまで矢のように差し込んでいる。今宵《こよい》の月明かりに感じて、栗も地に落ちるか。唐の自然派詩人、韋応物《いおうぶつ》の趣がある。

10月22日

わが門《かど》に　いく日《ひ》運《はこ》びて　杣人《そまびと》が　積《つ》みたる柴《しば》に　蜻蛉《あきつ》立《た》ちたつ

私の住む観音堂の門前、冬に備えて柴売りが幾日も運んで柴を積み上げる。その上をしきりにトンボが飛び交う。「杣人」は柴を刈って売る人。作者の心奥には冬への不安がある。

10月23日

杣人《そまびと》の　車《くるま》去《い》にたる　草叢《くさむら》に　柴《しば》拾《ひろ》ひきて　炊《かし》ぐ今日《けふ》かも

独り住む観音堂の門前、柴売りの車が去った後の落ちている柴を拾い集めて、私は今日の炊事をするのだ。養女亡き後の過酷な日々。１９４５年10月末、丹呉康平宅にもどる。

10月24日

たち入《い》れば　暗《くら》きみ堂《だう》に　軍荼利《ぐんだり》の　白《しろ》き牙《きば》より　ものの見《み》えくる

京都東寺《とうじ》の暗いみ堂に入るや、憤怒《ふんぬ》の形相の、軍荼利の白い牙がまず目につき、次第に周りのものが見えてくる。軍荼利は五大明王の一つ、火焔《かえん》を負い蛇をまとう一面《いちめん》三目《さんもく》八臂《はっぴ》の像。

10月25日

光《ひかり》なき　み堂《だう》の深《ふか》き　しづもりに　雄叫《をたけ》びたてる　五大明王《ごだいみやうわう》

東寺講堂の暗い静寂の中に、すさまじい声を放つ五大明王よ。明王は教化するために異形の姿で衆生《しゅじょう》を威嚇《いかく》し、悪魔を調伏《ちょうぶく》する密教のほとけ。

10月26日

密教美術は怪しく誇張した自然主義のうちに、不可思議な効果を収める。

例えば千手観音の造形は人々の種々の願望を叶《かな》える仏の力を現す。密教は現世肯定的で、現世利益《りやく》を重視する。美術ではそれが誇張され痛烈な神秘主義となる。「自註鹿鳴集」

10月27日

しろがねの芒《すすき》折れたり水の上

夏の青々とした芒も、秋には赤らんだ尾花を咲かせ、やがて高雅な白銀の芒となって水の上に折れてしまった。越後出身、日本の郵便制度の基礎を築いた前島密《ひそか》への哀悼の句。

10月28日

耳廃《みみし》ふと　額《ぬか》づく人《ひと》も　三輪山《みわやま》の　この秋風《あきかぜ》を　聞《き》かざらめやも

「耳が聞こえなくなった」といって三輪の金屋《かなや》の、石の仏に額ずく老女も、三輪山のこの落莫《らくばく》たる秋風はきっと聞いている。歌の奥底は、三輪山下ろしが身にしみる作者の孤愁。

10月29日

あまた見《み》し 寺《てら》にはあれど 秋《あき》の日《ひ》に 燃《も》ゆる甍《いらか》は 今日《けふ》見《み》つるかも

幾度も訪れた法隆寺だが、このように秋の日差しに燃えるばかりの甍は今日初めて見ることだ。「秋の日に燃ゆる甍」は、聖徳太子仮託の斑鳩《いかるが》宮を詠んだ歌の「甍に燃ゆる火」を転じる。

10月30日

たち出《い》でて とどろとどざす 金堂《こんだう》の とびらの音《おと》に 暮《く》るる今日《けふ》かな

法隆寺金堂を出ると、重い扉を閉ざす音がとどろと響く。この古代さながらの音と共に、今日の一日は暮れてゆくよ。ト・ド音を律動させて、金堂の扉の音を写す。

10月31日

みみづくの赤き眼《まなこ》や露しぐれ

ミミズクが１羽赤い眼を見開いているよ。時雨のあとのように、露いっぱいの木立の葉陰に。

一幅の絵を思わせる蕪村調の句。「赤き眼」の一語が人の心を日常から解き放す。

11月1日

武蔵野《むさしの》の　草《くさ》にとばしる　叢雨《むらさめ》の　いやしくしくに　暮《く》るる秋《あき》かな

武蔵野の草に注ぐ叢雨が頻繁に訪れて、いよいよ秋は深まる。「いやしくしくに」は度合いが増す状態。叢雨の訪れと暮れゆく秋の双方にかかり、寄せ来る終末を思わせる語。

11月2日

武蔵野《むさしの》の　木末《こぬれ》を茂《しげ》み　白菊《しらぎく》の　咲《さ》きて出《い》づとも　人知《ひとし》らめやも

武蔵野秋艸堂の庭に白菊が咲き始めた。木々の梢《こずえ》が茂っているので誰も知らないだろうが、私はひとり陶淵明の「秋の菊が見事に咲いた。露にぬれたその花びらを摘む」を思う。

11月3日

今度十一月三日が「文化の日」となつた。一体「文化」とは何の事か。

日本は文化で国を建てるよりほか仕方がなくなった。文化とは優れた文物に学びこれに化すること。模倣ではなく、十分消化し新たに自己を築くことだ。１９４８年「文化の日」

11月4日

鎌倉時代再建の東大寺南大門は、今日の日本人のよいお手本となる。

立派な南大門の門内にある仁王像は運慶・湛慶《たんけい》の作、平家が東大寺に乱入した後の再建を好機として、前身の護法神とは異なる見事な作品を残したのである。「美術を思ふ心」

11月5日

二上《ふたがみ》の 寺《てら》のきざはし 秋《あき》たけて 山《やま》の雫《しづく》に ぬれぬ日《ひ》ぞなき

二上山麓の当麻寺《たいまでら》、秋も深まり、寺の古びた石段も山の木々の雫にぬれぬ日はない。万葉集の大津皇子の「山のしづくに」の歌がしきりに思われる。山上に皇子の墓がある。

11月6日

鬼《おに》ひとつ　行者《ぎやうじや》の膝《ひざ》を　抜《ぬ》け出《い》でて　霰《あられ》うつらむ　二上《ふたがみ》の里《さと》

霰が降ってきた。二上当麻寺《たいまでら》の役行者《えんのぎょうじゃ》に侍《はべ》る鬼が一つ抜けだして、霰を打っているのかな。宗達の「風神雷神図」の鬼神のような格好で。役行者は修験道の祖、寺に木彫《もくちょう》がある。

11月7日

あしびきの　山《やま》の狭間《はざま》の　岩角《いはかど》の　つららに似《に》たる　君《きみ》が顎《あご》ひげ

当麻寺《たいまでら》の役行者《えんのぎょうじゃ》よ。あなたの顎ひげは、山あいの岩角に垂れ下がっている氷柱《つらら》に似ていますね――。行者の硬い顎ひげが「岩角のつらら」に飛躍する機知が歌の要点。

11月8日

引越《ひっこ》して隣はどこへゆく秋ぞ

秋はわが家の棟つづきの隣人だが、近ごろそぞろに旅立ちの気配が感じられる。いったいどこへ行くのであろう。芭蕉句「秋深き隣は何をする人ぞ」に一脈つながる。

11月9日

しぐれの雨《あめ》 いたくな降《ふ》りそ 金堂《こんだう》の 柱《はしら》の真赭《まそほ》 壁《かべ》に流《なが》れむ

荒れの甚だしい海竜王寺、しぐれる雨よ、そんなにひどく降らないでくれ。金堂の柱の赤い塗りが白壁に流れ出てしまうから。2句まで万葉集の句を用いて伸びやかな音調をだす。

11月10日

みとらしの　蓮《はちす》に残《のこ》る　褪《あ》せ色《いろ》の　緑《みどり》な吹《ふ》きそ　木枯《こが》らしの風《かぜ》

法輪寺十一面観音像が手にお取りになってる蓮華《れんげ》の色褪せた緑、どうかこれだけは吹き散らさないでおくれ。「山野の草木を一時《いちじ》に枯らす」木枯らしの風よ。観音像の剥落を惜しむ。

11月11日

わが捨《す》てし　バナナの皮《かは》を　流《なが》しゆく　潮《しほ》のうねりを　しばし眺《なが》むる

西国放浪の旅はまず瀬戸内海をゆく。船から投げ捨てたバナナの皮が、潮のうねりのまにまに流されてゆく。しばしこれに眺め入って、流離のわが身を思う。１９２１年詠。

11月12日

厳《いか》し湯《ゆ》の　あふるる中《なか》に　双脚《もろあし》を　ゆたけく伸《の》べて　もの思《おも》ひもなし

効き目のある別府の湯、あふれる湯の中に両足をゆったり伸ばして思い煩うこともない。両脚を伸ばして一切を放下《ほうげ》するという詩想は、寒山詩、禅林句集、良寛詩など禅僧詩のもの。

11月13日

たちばなの　木末《こぬれ》たわわに　吹《ふ》く風《かぜ》の　止《や》む時《とき》もなく　いにしへ思《おも》ほゆ

枝もたわわに実る筑紫の浜の橘《たちばな》、風が黄金色の実を揺らす。その風のようにやむ時もなく古《いにしえ》が思われる。上の句は4句にかかる序。橘をみて古代説話の「田道間守《たじまもり》」を思うか。

11月14日

月《つき》よみの　影《かげ》はふたたび　満《み》つれども　旅《たび》なるわれは　知《し》る人《ひと》もなし

西国の旅を続けて、月は再び満月を迎えたが、旅人の私に知る人とてない。「月よみ」は月の意。唐の詩人岑参《しんじん》の「家を辞して月の両回円《まど》かなるを見る」（「磧中《せきちゅう》の作」）を踏む。

11月15日

いにしへの　奇《く》しき画工《ゑだくみ》　多《おほ》かれど　君《きみ》がごときは　わが恋《こひ》やまず

西国の旅でみる大分県自性寺《じしょうじ》の池大雅の墨跡、昔の絵かきに霊妙な腕前をもつ人が多いが、あなたのような方にはやみがたく心がひかれることだ。「わが恋やまず」は万葉句。

11月16日

なほざりに 描《ゑが》きし蘭《らん》の 筆《ふで》にみる 畳《たたみ》のあとの 懐《なつ》かしきかな

池大雅が無造作に描いた蘭の図に、畳のあとが写っている。しみじみと心を寄せて眺めることだ。自性寺《じしょうじ》の墨蘭にみる大雅の筆致に感動する。「畳のあと」という一語が歌の要。

11月17日

いにしへの 人《ひと》にありせば もろともに もの言《い》はましを もの書《か》かましを

もしも私が池大雅と同じ昔の人間であったなら、共に語り合うだろうに、共に書き物をするだろうに。文人大雅をこよなく敬愛し、戯《たわむ》れに古人と肩を並べる作者。

11月18日

蕪村にしろ、大雅堂にしろ、絵と書と相俟《あいま》つものを書いてゐる。

東洋美術の本領は、絵と書の渾然《こんぜん》とした一世界にある。絵なら絵の制作の最初から、書をその一部として構想する。蕪村・大雅を鑑賞するに重要な視点の一つである。「書道講義」

11月19日

我妹子《わぎもこ》を　しぬぶ夕《ゆふ》べは　入日《いりひ》さし　紅葉《もみぢ》は燃《も》えぬ　わが窓《まど》のもと

いとしい人を偲《しの》ぶこの夕べ、窓からみる紅葉が入日に映えて、私の心のように赤々と燃え立つ。若き日の八一が友人に示した赤裸々な恋情、だが運命の女神にほほ笑みはなかった。

11月20日

佳人やうやく老《おい》て乾鱈《ひだら》の如《ごと》く、我は病を抱《かかへ》て河豚《ふぐ》に似たり。

かつて八一は思慕を寄せる佳人と共に、南房総の勝浦を訪れた。それから13年、今また静養のため同地に滞在し、感懐を友人に書き送る。無常迅速、八一はこの年不惑を迎えた。

11月21日

わたつみの　底《そこ》ゆく魚《うを》の　鰭《ひれ》にさへ　ひびけこの鐘《かね》　仏法《のり》のみために

今日は秋艸道人の55回目の命日にあたる。この八栗寺《やくりじ》鐘銘の歌が最後の一首となった。千尋《ちひろ》の海の底をゆく魚の鰭にまで、響きわたれ、八栗寺の鐘よ、みほとけの教えが届くように。

11月22日

八栗寺《やくりじ》の鐘の銘文は、現代の我々が用いる漢字仮名交じり文とした。

お寺の梵鐘《ぼんしょう》の銘文は古来漢文で書かれて来た。だが今の人々には唐草模様でも眺めるようなもの。八栗寺の鐘の銘文を日常文に近づけた理由はこの辺にある。「八栗寺の鐘」

11月23日

鳩の子を守らせたまへ小夜《さよ》しぐれ

時雨模様の寒い夜、みほとけよ、どうぞこの小さな鳩の子をお守りください。小鳥好きの作者を彷彿《ほうふつ》させる一作。桜井安枝宛ての自筆仏像に賛をした自画自賛の句。１９２６年詠。

11月24日

坂本《さかもと》の 横川《よがは》の滝《たき》の 岩《いは》の上《へ》に 人《ひと》の見《み》しとふ 奇《く》しき面影《おもかげ》

比叡山坂本にある横川の滝の岩上で、天台密教僧の円珍が見たという霊妙な面影、それを描いたのがこの高野山明王院の不動明王、赤不動の絵図であるよ。赤不動伝説をうたう。

11月25日

人《ひと》の世《よ》の 罪《つみ》といふ罪《つみ》の ことごとく 焼《や》き滅《ほろ》ぼすと 赤《あか》き火《ひ》あはれ

人間世界の罪という罪のすべてを焼きつくそうと、燃えさかる不動明王図の赤き炎よ、何というその威力。全身赤色、憤怒の相で猛火を背負う明王院の赤不動である。

11月26日

現身《うつせみ》は　朱《あけ》に燃《も》えつつ　倶利伽羅《くりから》に　見張《みは》りて白《しろ》き　眼《まなこ》かなしも

その身は赤い炎に包まれながら、不動明王は右手に持つ、黒竜の巻きつく倶利伽羅剣をにらむ。カッと見開いた白い眼のすさまじさよ。「倶利伽羅剣」は煩悩を打ち砕く。

11月27日

侍《はべ》り立《た》つ　童子《どうじ》が口《くち》の　とがり歯《は》の　あな清々《すがすが》し　年《とし》の経《へ》ぬれど

不動明王の傍らに侍り立つ二童子、その口もとから見えるとがった歯の、何と白く清らかなことよ。長い年月がたっているのに。明王の左脇下に矜羯羅《こんがら》童子と制吒迦《せいたか》童子が立つ。

11月28日

帰《かへ》り来《き》て 夢《ゆめ》なほ浅《あさ》き ふるさとの 枕《まくら》とよもす 荒海《あらうみ》の音《おと》

郷里を離れて幾歳月、中条から出生の地新潟にひとり移り住む。まだ眠りも浅いふるさとの枕に、晩秋の荒海の音が鳴り響いて一夜が明ける。１９４７年詠。

11月29日

荒海《あらうみ》に たゆたふ佐渡《さど》の 島山《しまやま》の 影《かげ》さへ暗《くら》く 夢《ゆめ》に見《み》えくる

ふるさとのまだ浅い眠りの中に現れる佐渡の島山、荒海の荒波にゆらめいて、暗々としている。この夢の情景は、最晩年を郷里新潟で過ごす当時の作者の心象風景であろう。

11月30日

野分《のわき》の夜タマに似て鳴く犬もかな

犬のタマが死んだ。野辺送りもした。風が野辺の草を吹き分けるような、こんな夜に、タマのような声で鳴く犬がいたらなあ。末尾の「もかな」は「もがな」とあるべきところ。

12月1日

穴《あな》ごもる　獣《けもの》のごとく　長《なが》き夜《よ》を　榾《ほた》の火影《ほかげ》に　背《せ》ぐくまりをり

中条の縁戚《えんせき》に身を寄せて半年余、ちょうど穴にこもる獣のように、囲炉裏《いろり》火のそばで長い夜を、背を丸めてうずくまっているのだ。「榾の火影」は木切れを燃やす火の光。

12月2日

いづくにか したたる水《みづ》の 聞《きこ》え来《き》て 囲炉裏《ゐろり》はさびし 行《ゆ》きてはや寝《ね》む

中条の長い夜を、夜ふけの炉端でひとりうずくまっている。聞こえてくるのは、どこかで水の滴るかすかな音、すべもなし。もう老いの臥所《ふしど》に入ることにしよう。

12月3日

京都大丸にて正月四日から拙墨個展あり。二十余枚揮毫《きがう》の必要あり。

敗戦より３カ月半、書の個展の準備に追われる様子を書簡に記す。歌には孤愁と諦念《あきらめ》の影が濃いが、歌書共に着実に長い道程《みちのり》の完結に向かっている。１９４５年門下宛て。

12月4日

よもすがら鳩《はと》の寝言や冬ごもり

クウクウコロコロと微《かす》かな声で夜通し寝言をいう。わが家の数珠《じゅず》掛鳩《かけばと》、イカルガはどんな夢を見ているのだろう。遠い昔の斑鳩《いかるが》の大寺が恋しいのか。ハトに心を注ぐ冬ごもりの日々。

12月5日

まがつみは　今《いま》のうつつに　あり越《こ》せど　踏《ふ》みし仏《ほとけ》の　ゆくへ知《し》らずも

西大寺四王堂の邪鬼は天平《てんびょう》の昔から今の世に伝わっているが、踏み鎮めていた四天王像はあと方もなく行方が分からない。邪悪な鬼が残り、護法の四天王が消失した皮肉をうたう。

12月6日

遠い昔の邪鬼どもは、いつまでも人知《し》れず暗い苦悩を続けてゐる。

四天王の足下に踏まれている邪鬼は、人間の煩悩《ぼんのう》の象徴。醜悪ながらも愛嬌《あいきょう》のあるその面相は反省の鑑《かがみ》であるのに、今の世の人々からは見向きもされない。「西大寺の邪鬼」

12月7日

毘沙門《びしゃもん》の　重《おも》きかかとに　まろびふす　鬼《おに》のもだえも　千年《ちとせ》経《へ》にけむ

東大寺三月堂の、武装した毘沙門像の重いかかとの下に、転がり伏す邪鬼の悶《もだ》えも１０００年を経たことになろう。顔の歪《ゆが》んだ邪鬼に同情する。「鬼のもだえ」が生彩を放つ。

12月8日

天皇《すめらぎ》の　御《み》言《こと》かしこみ　水泡《みなわ》にぞ　敵《あだ》の黒船《くろふね》　かくろひにける

天皇の開戦の詔勅を慎んで承り、はや敵の軍艦は水の泡に隠れてしまったことだ。詞書《ことばがき》「十二月十五日相つぎていたれる海上の捷報《しょうほう》をよろこびて」。捷報は勝利の知らせ。

12月9日

丈夫《ますらを》や　一《ひと》たび立《た》てば　イギリスの　醜《しこ》の黒船《くろふね》　水《み》漬《づ》き果《はて》つも

さすが勇ましい日本男子、一たび立ち上がるや、憎きイギリス戦艦も海底に沈んでしまった。開戦2日後、戦艦プリンス・オブ・ウェールズ号が日本海軍により撃沈された。

12月10日

現人《うつせみ》の 力《ちから》をつくし わたつみの 空《そら》のみ中《なか》に 神去《かむさ》りにけり

山本元帥《げんすい》はこの世の人として力の限りを尽くして、南太平洋ソロモン諸島の空に、神となって亡くなられた。歌題「山本元帥」。山本五十六は連合艦隊司令長官。１９４３年詠。

12月11日

大空《おほそら》の 星《ほし》に綴《つづ》りて よろづ世《よ》に 御名《みな》は伝《つた》へむ ヤマモトイソロク

大空に輝く星をつづり合わせて、ヤマモトイソロクという名の星座を作り、お名前を万代《ばんだい》に伝えたいものだ。若き日に星座に名を残すギリシャの神々に心をよせた作者である。

12月12日

連《つら》ね撃《う》つ　砲《はう》はも悲《かな》し　いづくにか　聞《き》きて笑《ゑ》まさむ　君《きみ》もあらなくに

詞書《ことばがき》「国葬の日に」。一斉に撃つ礼砲の音の何と悲しいことか。どこかで砲声を聞いて、ほほ笑まれる山本元帥《げんすい》はいらっしゃらないのに――。国葬の礼砲が作者の胸をえぐる。

12月13日

山国《やまくに》の　川《かは》の隈回《くまわ》に　立《た》つ霧《きり》の　われに恋《こ》ふれか　夢《ゆめ》に見《み》えつる

西国の旅は九州耶馬渓《やばけい》に至る。山国川のくぼみに漂う川霧が私に思いを寄せているのか、夢に現れた。中国の楚《そ》の王が夢の中で神女《しんによ》と契りを結んだという故事「巫山《ふざん》の夢」を踏む。

12月14日

向《む》かつ峰《を》の 杉《すぎ》の鉼筆《はこふで》 抜《ぬ》き持《も》ちて 千《ち》尋《ひろ》の岩《いは》に 歌《うた》書《か》かましを

向かいの峰の鉼形の杉を筆にして、この耶馬渓《やばけい》の千尋もある岩に歌を書き残したいものだ。ドイツ詩人ハイネに、樅《もみ》の木の巨筆をふるって文字を書こうという一連がある。

12月15日

あさましく 老《お》いゆく山《やま》の 岩角《いはかど》を 包《つつ》みもあへず 木《こ》の葉《は》散《ち》るなり

見苦しく老いてゆく人のような岩山の岩角を、樹木で包み隠すこともできずに、木の葉が散ってゆく。耶馬渓《やばけい》の落葉をうたう。奇抜な比喩は、頼山陽の耶馬渓を詠んだ絶句に倣う。

12月16日

南《なん》蘋《ぴん》の重き杉戸や冬ごもり

中国の清朝画家、沈《しん》南蘋筆の華やかな花鳥が描かれた杉戸、重い戸に隔てられた冬ごもりも慰められる。長崎福済寺《ふくさいじ》での作か。南蘋は長崎に2年近く滞在し作品を残す。

12月17日

瓦《かはら》焼《や》く 翁《おきな》が庭《には》の さ筵《むしろ》の 風《かぜ》に吹《ふ》かるる さ丹《に》塗《ぬ》りの猿《さる》

熊本の土製玩具、木葉猿《このはざる》を焼く翁の店に入ると、庭先の筵の上に風に吹かれて赤塗りの猿が並んでいる。その鮮やかさ。作者は郷土玩具に関心を寄せ、一時期大量に集めていた。

12月18日

猿《さる》の皇子《みこ》 茶店《ちやみせ》の棚《たな》に 駒並《こまな》めて あしたの狩《か》りに 今立《いまた》たすらし

熊本の郷土玩具、木葉猿《このはざる》の皇子は茶店の棚に馬を並べて、朝の狩りに今まさに出発なさるらしい。万葉集にうたわれる、天皇が朝狩りに出立する威儀威容に、木葉猿を見たてる。

12月19日

いにしへの 遠《とほ》の御門《みかど》の 礎《いしずゑ》を 草《くさ》にかぞふる うつらうつらに

遠い昔筑前の国におかれた「遠の朝廷《みかど》」大宰府址《あと》を訪れて、今に残る礎石を草の中に数えてみることだ。長官大伴旅人らの華やかな唐風大宰府文化をうつらうつら偲《しの》びながら。

12月20日

この鐘《かね》の　鳴《な》りのひびきを　朝夕《あさゆふ》に　聞《き》きて嘆《なげ》きし　いにしへの人《ひと》

大宰府東の観世音寺から鳴り響く鐘の音を朝夕に聞いて、嘆き悲しんだ古《いにしえ》の人よ。大宰府に左遷されて閉居する菅原道真の詩の「観音寺はただ鐘の声を聞くのみ」を念頭におく。

12月21日

早稲田《わせだ》なる　翁《おきな》が病《やまひ》　あやふしと　神《かみ》も仏《ほとけ》も　しろしめさずや

早稲田大学のご老体、大隈重信侯の病が篤《あつ》く命が危ういという。神も仏もご存じないのだろうか。大隈侯は東京専門学校（現早稲田大学）創立者。作者は当時早稲田中学教頭職。

12月22日

沢《たく》庵《あん》の石油くさき冬《とう》至《じ》かな

今日は冬至だ。夕ご飯に沢庵を食べたら新漬けの香りと共に、微《かす》かに石油の匂いがした。このごろは早くから石油ランプの準備をする。夕食を作ったのはその手の持ち主。１９０４年作。

12月23日

白《しら》菊《ぎく》は　香《か》にこそにほへ　日《ひ》の本《もと》の　日《ひ》嗣《つぎ》の皇《み》子《こ》は　いや栄《さか》えませ

歌題「菊久栄」。白菊は香り高く匂い、日本の皇位を継がれる皇太子はますますお栄えになりますように。菊は皇室の紋章。１９５２年今上《きんじょう》天皇の立太子の礼を祝っての献歌。

12月24日

黄檗《わうばく》に 登《のぼ》りいたれば まづうれし 木庵《もくあん》の聯《れん》 隠元《いんげん》の額《がく》

京都宇治の黄檗山万福寺に登りついて、まず嬉《うれ》しいのは黄檗三筆の木庵の柱聯《ちゅうれん》（柱掛け）、隠元の額が目に入ることだ。奈良めぐりの後に見る明末書風の新鮮さよ。

12月25日

み空《そら》より みなぎる滝《たき》の 白玉《しらたま》の とどめもあへぬ 筆《ふで》の跡《あと》かな

宇治万福寺に残る黄檗《おうばく》僧の筆跡は、空に満ち溢《あふ》れて落ちる滝の白玉のように、止めることができないほど流麗奔放な筆の運びであるよ。3句まで「とどめもあへぬ」に掛かる序。

12月26日

み雪《ゆき》降《ふ》る　冬《ふゆ》の長夜《ながよ》を　つらつらに　国上《くがみ》の聖《ひじり》　思《おも》ほゆるかも

ふるさと越後の雪の降り続く長い夜には、国上山五合庵の良寛禅師のことがつくづく思われる。良寛詩に「独宿《どくしゅく》の夜《よる》、雪降りて、思《おもい》悄然《しょうぜん》たり」がある。１９４６年冬の詠。

12月27日

かかる夜《よ》を　柴折《しばを》りくべて　囲炉裏辺《ゐろりべ》に　もの思《も》ひけらし　うつらうつらに

このような雪の降る夜の良寛禅師は、柴をたく囲炉裏辺で夢とも現《うつつ》ともなくもの思いしたことであろう。良寛は風雅の道にひたると共に、時には俗を責め世を憂える。

12月28日

良寛は崇拝する人物の一人だが、私とは根本的に意見を異にする。

良寛の書は唐の草書に学んでいる。字形に囚《とら》われず筆を走らせるのでなかなか読めない。本来文字は言葉を表記する図形記号、私はこの文字の本質を重視したい。「書道について」

12月29日

牡《を》鹿《じか》鳴《な》く 古《ふる》き都《みやこ》の 寒《さむ》き夜《よ》を 家《いへ》は思《おも》はず いにしへ思《おも》ふに

牡《おす》鹿の鳴く古都の夜は寒くさびしいが、私は家のことなど思いはしない。ひたすら昔栄えた奈良の都を思うので。歌の言葉とはうらはらに孤独感の漂う作。下2句は万葉句。

12月30日

赤《あか》き日《ひ》の 傾《かたむ》く野《の》らの いや果《は》てに 奈良《なら》のみ寺《てら》の 壁《かべ》の画《ゑ》を思《おも》へ

思い見よ。赤い夕日の傾く野の果てにある、奈良のみ寺、法隆寺の壁の画を――。詞書《ことばがき》「奈良より東京なる某生へ」。歌の核心は作者の壁画への憧憬《しょうけい》であり、称賛である。

12月31日

除夜の鐘ぬる湯の壁に響きけり

大晦日《おおみそか》の夜、ぬるま湯にゆるゆるとつかっていると、遠くの除夜の鐘が壁に響いてくる。一つ…二つ…。年の終わりに思わず長湯する作者である。１９１０年作。

新春から春へ

1月〜3月

1月1日

今日から「新潟日報」の題字は、予の書きしものに改まる。

秋艸道人書の「新潟日報」題字は１９４９年１月１日から用いられ、今年は63年目となる。「潟の筆太りて見にくきところあり近日訂正のつもり」とある。「日記」49年１月１日。

1月2日

武士《もののふ》は 長尾《ながを》景虎《かげとら》 筆《ふで》とりて 君《きみ》まづいでし 越《こし》のふるさと

詞書《ことばがき》「良寛上人を思ひて」。越後ふるさとの並びなき人、武将では長尾景虎（上杉謙信）、書の道の名人ならば、まずあなたの名をあげよう。書人良寛が戦国大名の雄と肩を並べる。

1月3日

松《まつ》が根《ね》の　岩《いは》を枕《まくら》に　山《やま》なかの　月《つき》日《ひ》も知らず　年《とし》を経《へ》につつ

山中の松樹の下《もと》に岩を枕に安らかに眠り、今日が何月の何日かもわからないまま、悠然と年を経てゆく。隠遁者《いんとんしゃ》の境地をうたう。唐の詩人太上《たいじょう》隠者の「人に答ふ」の大意を詠む。

1月4日

山《やま》深《ふか》く　薬《くすり》掘《ほ》るとふ　さすたけの　君《きみ》が袂《たもと》に　雲《くも》満《み》つらむか

君を訪ねると、山に入り薬を掘っているという。山の清らかな白雲が袂にかかっていることだろう。「さすたけの」は君の枕詞《まくらことば》。唐の詩人賈《か》島《とう》の「隠者を尋《たづ》ねて遇《あ》はず」の趣きを詠む。

1月5日

青貝の文箱《ふばこ》の文や夜半《よは》の雪

今しがた黒漆に青貝を散らした螺鈿《らでん》の状箱が届いた。巻紙に認《したた》めた女手《おんなで》の書状が入っている。はて誰からの、何の便りか、心ときめく雪の夜であるよ。浪漫的な蕪村調の句。

1月6日

ふるさとの　榾《ほた》の火《ほ》なかに　思《おも》ほゆる　うら若《わか》き日《ひ》の　父《ちち》のおもかげ

こうして中条丹呉家の囲炉裏《いろり》で榾（木切れ）の炎を見ていると、この炉端で手をかざす若き日の父の姿が彷彿《ほうふつ》と浮かんでくる――。白注に父は一時期丹呉家に寄遇していたとある。

1月7日

灰《はひ》ふかく 囲炉裏《ゐろり》に栗《くり》を 探《さぐ》らせて 丹《に》の穂《ほ》に父《ちち》の ほほ笑《ゑ》ましけむ

丹呉家の囲炉裏辺、焼き栗を作ろうと灰に深く埋《うず》めた栗を探って、若き日の父は頬を赤くしてほほ笑まれたことであろう。「丹の穂」は赤の際立つ状態。紅顔の父を思う。

1月8日

夭々《えうえう》たる 蓁々《しんしん》たりと 後《のち》さへも たまたま父《ちち》の 唱《うた》ひましけり

父はその昔、中条村塾で学んだ中国古典「詩経」の一節「桃の夭々たる、其《そ》の葉は蓁々たり」を後々まで、折につけ唱われたものだ—。作者は自分の中に父の感化をみている。

1月9日

私は二十歳の年、初めて有名な正岡子規といふ人を訪問した。

俳句革新の先駆者子規への訪問は、八一の文学修行上の最大事というべきもの。この時子規に良寛を紹介し、歌集版本を贈ったことが、今日の良寛評価の契機となった。「郷土」

1月10日

春日野《かすがの》に　降《ふ》れる白雪《しらゆき》　明日《あす》のごと　消《け》ぬべく我《われ》は　いにしへ思《おも》ほゆ

今春日野に降っている雪も明日には消えてしまうだろう。その雪のようにわが身の消え入るばかりに、古《いにしえ》の奈良の都がしきりに思われることだ。3句まで「消ぬべく」にかかる序。

1月11日

小草《をぐさ》はむ　鹿《しか》の顎《あぎと》の　小止《をや》みなく　流《なが》るる月日《つきひ》　とどめかねつも

草を食《は》む鹿の顎は休みなく動く。そのように、絶えず流れる月日を止めることはできない。２句まで「小止みなく」にかかる序。古代から刻一刻遠ざかることへの嘆き。

1月12日

船人《ふなびと》は　はや漕《こ》ぎ出《い》でよ　吹《ふ》き荒《あ》れし　宵《よひ》の余波《なごり》の　なほ高《たか》くとも

１９５３年２月５日宮中歌会始《うたかいはじめ》の召歌《めしうた》「船出」。人の世の海を渡らんとする船人よ、早速に船をお出しなさい。たとえ荒天の夜の余波が高くとも、波瀾《はらん》を期して船をお出しなさい。

1月13日

歌に飽きて発句の歌留多《かるた》作りけり

正月に遊び興じた百人一首にも飽きてしまい、俳句かるたをこしらえた――。子規随筆「俳諧かるた」に刺激されたか。当時作者は子規の動向に関心を注いでいた。１９０１年詠。

1月14日

久方《ひさかた》の 月日《つきひ》はるけき 大宮《おほみや》の 枯《か》れたる芝《しば》に もの思《も》ひやまず

「久方の」は月日の枕詞《まくらことば》。月日は遥《はる》か彼方《かなた》、平城宮跡の枯れた芝草の中に立つと「咲く花の薫《にほ》ふがごとき」奈良の都があれこれ偲《しの》ばれて、思いはつきないことだ。古代憧憬《しょうけい》をうたう。

1月15日

ある時《とき》は 内道場《ないだうぢやう》に こもりけむ ひびき清《すが》しき 僧正《そうじやう》が声《こゑ》

奈良の都の平城宮、ある時は、あの学才豊かな玄昉《げんぼう》僧正が宮殿内の仏道修行の道場にこもって、経典を講じたことであろう。清々しい声を響かせて。華やかな平城宮懐古の一齣《ひとこま》。

1月16日

ある時《とき》は 陸奥山《みちのくやま》に 咲《さ》く花《はな》の 黄金《くがね》出《い》でぬと とよめきにけむ

ある時は、陸奥の山に咲く花のように、黄金《こがね》が採れたと宮廷内はどよめいたことであろう。大仏造立のための金が渇望されていた。「陸奥山に咲く花」は吉報を祝う大伴家持《やかもち》の歌に因《ちな》む。

1月17日

ある時《とき》は　唐人《からびと》さびて　双六《すごろく》の　賽振《さいふ》りけらし　宮人《みやびと》の友《とも》

ある時は、唐の人のように振る舞って双六のサイコロを振ったのであろう、宮廷の貴人たちは。正倉院に「木《もく》画《が》紫《し》檀《たんの》双六局」がある。この双六盤に宮廷人の遊戯を想像して詠むか。

1月18日

ひびきなき　サジタリアスの　弓《ゆみ》の緒《を》の　門《かど》の枯木《かれき》に　かかるこのごろ

ギリシャ神話の半神半馬の射手が、弓に矢を番《つが》えた姿のサジタリアス（射手座）、その響きのない弦がちょうど門辺の枯れ枝にかかっている。かつて星座に関心を抱いた作者である。

1月19日

野《の》のはての 雪《ゆき》の高嶺《たかね》に かがやきて 傾《かたむ》く日影《ひかげ》 見《み》つつかなしも

武蔵野の果てに見る白い雪の富士の高嶺に、赤々と光り輝きながら傾く入り日、秋艸堂からみるこの眺めに心が打たれたことだ。後々まで作者の心に残る一景一情。

1月20日

貧乏に痰《たん》のからまる寒さかな

寒い。全くもっての貧乏で、痰のからまる咳《せき》が止まらない――。暖も取れない貧乏書生が風邪を引いたのである。子規の句「糸瓜《へちま》咲いて痰のつまりし仏かな」と一脈つながる。

1月21日

すべもなく　み雪《ゆき》降《ふ》りつむ　夜《よ》の間《ま》にも　故郷人《ふるさとびと》の　老《お》ゆらくをしも

冬になれば故郷新潟では、一夜のうちに手の施しようもないほどに雪が降り積もり、雪に明け暮れして人は老いてゆく。惜しまれることだ。自然に苛《さいな》まれる故郷の人々を詠嘆する。

1月22日

み雪《ゆき》降《ふ》る　越《こし》の荒野《あらの》の　荒柴《あらしば》の　しばしば君《きみ》を　思《おも》はざらめや

雪の降る越後の荒野の荒柴のように、しばしば君を思い出すことだ。3句まで「しばしば」にかかる序。アラとシバが反復する機知的音韻が歌のねらい。

1月23日

私の斎号の一つ渾斎《こんさい》は、中国の老子「道徳経」の一句からとる。

老子は学徳を修めた者の様子を「渾トシテ其《ソ》レ濁レルガ若《ゴト》シ」（渾然として濁水《にごりみず》のよう）という。八一は濁れる水に、学芸の道に不可欠な全人的教養を見ている。「渾斎随筆」序。

1月24日

佐保山《さほやま》の　木《こ》の下《した》がくり　夜《よ》ごもりに　ものうち語《かた》れ　わが背《せ》わぎもこ

奈良北部の佐保山に聖武天皇の南陵と光明皇后の東陵がある。佐保山の鬱蒼《うっそう》と茂る木の下で、夜深く睦言《むつごと》を交わしてください。わが夫よ、わが妻よと。歌の核心は古代思慕。

1月25日

いにしへの 歌《うた》の碑《いしぶみ》 おし撫《な》でて 悲《かな》しきまでに ものの恋《こは》しき

薬師寺の仏足跡歌碑をなでさすっていると、悲しいまでに天平《てんぴょう》の昔が恋しくなることだ。仏足跡歌碑には、仏陀《ぶっだ》の足跡を刻んだ仏足石を礼賛した歌などが、万葉仮名で21首刻まれている。

1月26日

後《のち》の世《よ》を こぞりて人《ひと》の 偲《しの》ぶとも 再《ふたた》び逢《あ》はむ 我《われ》ならなくに

後の世の人々がこぞって私を偲んでも、再び会えるわけではないのに。達磨《だるま》の絵に書き添えた自画題歌。宋時代の禅の問答集「碧巌録《へきがんろく》」の「千古万古空《むな》しく相憶《おも》ふ」の心を詠む。

1月27日

犬《いぬ》ころは　うつつなきこそ　尊《たふと》けれ　ほとけ心《ごころ》は　かにもかくにも

犬の子は無心だからこそ尊いのだ。仏性があるか無いかはともかくとして。小犬の絵に書き添えた自画題歌。応挙の犬図に「狗子《くし》にまた仏性あるや否や…」とつけた良寛に倣う。

1月28日

本日誤つて買ひおきの山鳩《やまばと》を放つ。山鳩曰《いは》くサンキウ、主人酸泣《さんきふ》す。

鳩の図入りの友人宛てはがき。サンキュウの語呂《ごろ》合わせをして健在ぶりを示す。「サンキウ」は山鳩《さんきゅう》との掛け。「酸泣」は悲しんで泣くこと。山鳩は当時飼っていたイカルガか。

1月29日

ゆくりなき ものの思《おも》ひに 掲《かか》げたる 腕《うで》さへ空《そら》に 忘《わす》れたつらし

興福寺の阿修羅《あしゅら》像は、ふともの思いにふけったまま我を忘れ、掲げた腕さえ宙に忘れて立っているようだ。天を指したような2本の腕は、本来、日月を捧《ささ》げていたという。

1月30日

今日《けふ》もまた 幾人《いくたり》たちて 嘆《なげ》きけむ 阿修羅《あじゅら》が眉《まゆ》の 浅《あさ》き日《ひ》かげに

若々しい阿修羅《あしゅら》像のわずかにひそめた眉に漂う憂い、今日もまた幾たりが像の前にたたずんで、ため息をついたことであろうか。阿修羅像の愁眉に心を打たれている作者。

1月31日

酒やめてはや幾年《いくとせ》の霰《あられ》かな

酒をやめて幾年になるのかな。この冬もまた酒なしとなるか。霰がパラパラ降っているのに。１９１７年の作。13年に「酒を絶つ」の詞書《ことばがき》で「酒臭き古綿入れも名残かな」がある。

2月1日

岡倉天心の「東洋の理想」を改めて読み直す。その先見の偉大さを思ふ。

天心の「東洋の理想」は、「アジアは一つである」を冒頭におく東洋文化論で、日本美術に中国・インド・ペルシャなどアジア様式の融合をみる。八一の共感もこの点にある。「日記」

2月2日

美術の国際性は往々にして、アジアとヨーロッパとの境を踏み越える。

西洋文化の源のように考えられているパルテノン神殿も、大理石に乏しいアジアの木造建築の流れを汲《く》む。アジアの伝統をあの領域にまで完成させたのである。「東洋美術史講義」

2月3日

寒き灯や鬼を逸《のが》れたる豆青し

「福は内鬼は外」、掛け声高く豆を撒《ま》く。やっとのことで標的の鬼にならずにすんだ。後には寒い灯に照らされた青い豆、年の数ほど食べて今年の厄払いとする。１９１３年詠。

2月4日

観音《くわんおん》の 背《せ》にそふ蘆《あし》の ひと本《もと》の 浅《あさ》き緑《みどり》に 春《はる》立《た》つらしも

法隆寺百済《くだら》観音像の背に沿う蘆の光背《こうはい》支柱、その薄緑色に、春の兆しが感じられる。蘆の春色をかりて観音像の印象をうたう。蘆は漢詩・和歌で早春の景物、支柱実物は竹状。

2月5日

森陰《もりかげ》の 藤《ふぢ》の古根《ふるね》に よる鹿《しか》の 眠《ねむ》り静《しづ》けき 春《はる》の雪《ゆき》かな

春の雪が音もなく降る春日野の森、藤の古木の根元に、鹿が身を寄せて静かに眠っている――。「静けき」は「眠り」と「春の雪」の双方にかかる。早春の春日野を描く一幅の絵。

2月6日

浄瑠璃《じやうるり》の　名《な》をなつかしみ　み雪《ゆき》降《ふ》る　春《はる》の山辺《やまべ》を　ひとり行《ゆ》くなり

青色にかがやく瑠璃を地として、薬師瑠璃光如来のいらっしゃる浄瑠璃浄土、その名をもつ浄瑠璃寺へと、清らかな雪の降る春の山辺の道を、ひとり行くのである。

2月7日

草庵《そうあん》に奈良美術研究会を開きしより、今にして二十年にあまれり。

１９２３年、八一は日本希臘《ギリシヤ》学会を解消し、奈良美術研究会を発足させた。友人・門下がこれに加わる。若者への教育と共に、八一の美術研究に礎石的役割を果たした。

2月8日

草《くさ》の戸《と》に　こもごも軒《のき》の　銅鑼《どら》打《う》ちて　遠《とほ》く問《と》ひこし　若《わか》びとの友《とも》

奈良美術研究を志して、武蔵野の果てのわび住まいに、軒につるされた銅鑼を交々《こもごも》打って、遠方より訪ねて来たものだ。私の若い友人たちは。「草の戸」は粗末な家。

2月9日

うら若《わか》く　才《さい》ある人《ひと》と　円居《まどゐ》して　うまらに食《く》ひし　蕎麦《そば》のあつもの

奈良美術研究会の会合を終えて、若く才能ある人たちと車座になっておいしく食べた、あの熱い蕎麦の味よ。作者は蕎麦が好物で、ざる蕎麦を一遍に2枚たいらげたという。

2月10日

あをによし 奈良《なら》のみ寺《てら》の 古瓦《ふるがはら》 畳《たたみ》におきて 語《かた》りけるかも

時には奈良の寺々の古瓦を畳の上において、私は若い研究者に熱く語ったものだ。古瓦は美術史研究にとって大切な資料。八一の話に聞き入る門下生の真剣な眼差《まなざ》しを彷彿《ほうふつ》させる。

2月11日

国遠《くにとほ》く 島《しま》の室屋《むろや》に 今日《けふ》の日《ひ》を うち言祝《ことほ》ぐか 若《わか》びとの友《とも》

歌題「紀元節」。祖国日本を遠く離れ、異国の島の土造りの家で、今日の紀元節を祝うのであろうか。学業半ばで出征した若き友は。紀元節は現建国記念の日に当たる。１９４５年詠。

2月12日

神《かみ》の代《よ》は　いたも古《ふ》りぬと　東《ひむがし》に　国《くに》を求《もと》めし　大《おほ》き天皇《すめろぎ》

神の国は大層古びてしまったと、東の方に新しく国土を求めて、大和に国をうち建てた天皇、神武天皇の偉大さをつくづく思う。「日本書紀」の神武天皇東征神話による。

2月13日

山川《やまかは》の　荒《あら》ぶる神《かみ》を　言向《ことむ》けて　高知《たかし》りましつ　橿原《かしはら》の辺《へ》に

東征する神武天皇、山川に住む荒々しい神を平定して、大和の橿原に宮を造り、立派に国を治められたのである。「言向く」は説得する意。「高知る」は見事に統治すること。

2月14日

文《ふみ》読《よ》むと　ものをし書《か》くと　思《おも》ほえし　人《ひと》老《お》い果《は》てて　ここに臥《こ》やせる

書物を読むにつけ文章を書くにつけ、思い出される叔父の教え、老い果てて今ここに臥《ふ》しておられる。何くれと作者を文学の方向に導いてくれた、叔父の臨終にただ立ちつくす。

2月15日

ここにして　人《ひと》の隠《かく》ろふ　鉄《くろがね》の　一重《ひとへ》の扉《とびら》　せむすべぞなき

この火葬場の１枚の鉄の扉で、人の姿は見えなくなる。何ともなす術《すべ》がない。叔父の荼毘《だび》に人の世の条理を思い哀哭《あいこく》する。詞書《ことばがき》に「（杉並区）堀之内に送りて荼毘す」とある。

2月16日

叔父が凝り居たる桂園派《けいゑんは》の和歌は、子供心に少しも興味を覚えざりき。

叔父は歌を桂園派（香川景樹一派）の日野資徳《すけのり》に学ぶが、私はその花鳥風月を重んじる古今調の歌には心ときめかず、やがて万葉集に触れ、初めて感動を覚えた。「鹿鳴集」後記。

2月17日

ヒゲヲフククコガラシニホヲハリテサレ

ドイツ文学者桜井天壇《てんだん》のドイツ留学に際して、電報で餞《はなむけ》の句を贈る。「鬚《ひげ》を吹く木枯らしに帆を張りて去れ」。天壇は新潟中学で八一の2年上級。一高時代から長髯《ちょうぜん》を蓄えていた。

2月18日

海《うな》原《ばら》を　わが越《こ》えくれば　朱《あけ》塗《ぬ》りの　島《しま》の社《やしろ》に　降《ふ》れる白《しら》雪《ゆき》

西国の旅、九州から海を越えて厳島《いつくしま》を訪れてみると、朱塗りの社に雪が白く降りかかっている――。社殿の赤と白雪、そして海の青、色彩による感覚的な画面が歌のねらい。

2月19日

をちこちの　島《しま》の社《やしろ》の　諸《もろ》神《がみ》に　わが歌《うた》寄《よ》せよ　沖《おき》つ白《しら》波《なみ》

「歌を寄せよ」と夢の中で神の託宣があった。沖の白波よ、瀬戸内のあちらこちらの島の社の神々に、わが歌を届けよ。詞書《ことばがき》「別府の宿りにて夢想」、夢想は夢の中で感得すること。

2月20日

鹿《しか》の子《こ》は　耳《みみ》の綿毛《わたげ》も　ふくよかに　眠《ねむ》る夜《よ》長《なが》き　頃《ころ》は来《き》にけり

春日野に遊ぶ鹿の子の、耳の綿毛もふさふさと伸びて、ゆっくりと眠れる夜長の時節となったことよ。３か月余の西国の旅を終えて、奈良に帰着した安堵《あんど》の心をうたう。

2月21日

大《おほ》いなる　カントン焼《や》きの　水《みづ》がめを　火鉢《ひばち》となしつ　冬《ふゆ》の来《き》ぬれば

容赦なしの冬の到来、わが家の暖は心細いので、大きな中国広東《カントン》産の陶器の水がめを、火鉢に替えて使うことにした。夏にはメダカが泳いでいた水がめなのだが。１９４５年詠。

2月22日

大《おほ》いなる 火鉢《ひばち》いだきて 古《いにしへ》の 文《ふみ》は読《よ》むべし ながき長夜《ながよ》を

大きい水がめの火鉢を抱いて、古い書物を読むことにしよう。この長々しい夜を。われながら妙案といささか得意げな作者。「ながき長夜」は万葉以来の「長ながし夜」によるか。

2月23日

小夜《さよ》ふけて かき熾《おこ》せども いたづらに 大《おほ》き火鉢《ひばら》の 火種《ひだね》ともしも

夜が更けて寒さは寒し、火鉢に炭を継ぎ足して、いくら火種を熾しみても、大きな火鉢の小さな火種は乏しいままだ。大きな火鉢を登場させて、作者は自分を戯画化している。

2月24日

霜荒《しもあら》き　小庭《さには》の土《つち》に　折《を》れ伏《ふ》して　なほ緑《みどり》なる　アカンサスあはれ

目白文化村秋艸堂の庭、朝の厳しい霜に折れ伏して、なおも緑を留《とど》めているアカンサスがいとおしい。アカンサスの葉はギリシャ建築のコリント式柱頭に様式化して用いられた。

2月25日

取《と》り果《は》てて　物《もの》なき畑《はた》に　おく霜《しも》の　はだらに青《あを》き　忍冬《にんどう》の垣《かき》

取り尽して何もない畑におくまだらな霜、そのようにまだらに、垣根の忍冬にはまだ青みが残っているよ。忍冬を意匠化した忍冬唐草は東西の美術に用いる。学生の参考に植えていた。

2月26日

坪内逍遥の別荘雙柿舎《さうししや》が落成し、中門の額について私に命令が下った。

はじめ門額「雙柿舎」は、良寛書からの集字ということだったが、集めた3文字がうまく釣り合わず、八一が揮毫《きごう》することになった。苦心の末の門額であった。「雙柿舎追憶四則」

2月27日

落葉かきて楽焼窯《らくやきかま》に芋焼かむ

熱海雙柿舎の冬の庭は落葉に埋もれている。この落葉をかき集めて、楽焼窯で楽焼ならぬ芋を焼いてみようか。逍遥の画に八一がこの句を添えた、師弟合作の扇面が残っている。

2月28日

赤い鳥居に額を掛けたいから、一つ揮毫《きがう》を頼むと先生からいはれた。

師坪内逍遥は、鳥居の額は形式に囚《とら》われず容易に読めず、意味があるようでないものにと言う。

八一はエナメルブラシで篆書《てんしょ》により「若　虚《いまさざるがごとし》」（史記）と書く。「雙柿舎追憶四則」

2月29日

梅にきてはるかに海をみる日かな

今日は大森へ梅を見に来て、思いがけず、春めいたゆったりとした海を眺めることができたよ。

蕪村の「春の海ひねもすのたりのたりかな」を作者は思い浮かべたことであろう。

3月1日

いにしへの事をつらつら椿かな

ここは伊豆の修善寺、源氏一族の哀史の舞台。つややかな緑の葉の間に、赤く点々と連なる椿の花のように、つらつらと昔のことが思われるよ。「つらつら椿」は万葉の句。

3月2日

範頼《のりより》を思へば落つる椿かな

源頼朝に疑われて、伊豆の修禅寺に幽閉され、ついには自《じ》刃《じん》に追い込まれた弟の範頼、この悲劇の武将に思いをいたすや、墓の傍らに咲く赤い椿の花が1輪、ほろりと落ちた。

3月3日

娘多き真宗寺《しんしゅうでら》の雛《ひひな》かな

ひたすら阿弥陀仏《あみだぶつ》の名号《みょうごう》を唱《とな》え、親鸞《しんらん》の「非僧非俗」を旨とする浄土真宗の寺、女の子が次々に生まれ、器量よしに育って雛《ひな》人形のよう。１９０１年俳句誌「ほとゝぎす」に掲載。

3月4日

み吉野《よしの》の　六田《むだ》の川辺《かはべ》の　鮎《あゆ》すしの　塩口《しほくち》ひびく　春《はる》の寒《さむ》きに

吉野川のほとり、六田の茶店で食べる鮎ずしの塩が口にひりひりしみるよ。浅い春の寒さも加わって。「鮎すし」は鮎の塩漬け。「口ひびく」は古事記・日本書記歌謡で用いる。

3月5日

み吉野《よしの》の　山松《やままつ》が枝《え》の　一葉《ひとは》おちず　真玉《またま》に貫《ぬ》くと　雨《あめ》は降《ふ》るらし

吉野山に降る雨は、松の細葉が一つ残らず露の玉を貫《つらぬ》くようにと、降っているよう。「玉に貫く」は万葉以来の成句。正岡子規に露の玉を貫く松葉を詠んだ有名な一連がある。

3月6日

天皇《すめろぎ》の　心悲《こころかな》しも　ここにして　見《み》はるかすべき　野辺《のべ》もあらなくに

詞書《ことばがき》「吉野塔尾《たふのを》御陵《ごりよう》にて」。後醍醐《ごだいご》天皇のみ心のうちの悲しさよ。この吉野の山中では、見渡せる野辺もないことだ。儀礼である国見《くにみ》をする野畑のないことをいう。

3月7日

旅人《たびびと》の 目《め》にいたきまで 緑《みどり》なる 築地《ついぢ》のひまの 菜畑《なばたけ》の色《いろ》

新薬師寺へと、崩れかけた土塀の続く道をゆく。旅する者の目にしみる鮮やかな緑、塀の破れから見える菜畑の色よ。荒廃のうちに見る萌《も》えたつ緑に、作者は悲哀を感じている。

3月8日

をろがみて 昨日《きのふ》のごとく 帰《かへ》り来《こ》し み仏《ほとけ》すでに なしといはずや

新薬師寺の香薬師《こうやくし》像をお参りして帰ってきたのは、つい昨日のように思われるのに、すでにみほとけは存在しないというのか、信じがたいことだ。１９４３年盗難により失われる。

3月9日

み仏《ほとけ》は　いかなる醜《しこ》の　男《をのこ》らが　宿《やど》にか立《た》たす　夢《ゆめ》のごとくに

香薬師《こうやくし》像はどんな醜い輩《やから》の家に、お立ちになっていらっしゃることか、あの夢みるようなお姿で。みほとけが損なわれることのないように、祈るばかりの作者の心情。

3月10日

門《かど》の辺《へ》の　高円山《たかまどやま》を　枯《か》れ山《やま》と　僧《そう》は嘆《なげ》かむ　声《こゑ》のかぎりを

新薬師寺の門前から見る高円山を、僧は涙で枯れ山となすまでに、香薬師《こうやくし》の盗難を嘆くことだろう。声の限りに。「古事記」上巻の「青山は枯山の如《ごと》く泣き枯らし」による。

3月11日

新《あたら》しき 町《まち》の巷《ちまた》の 軒《のき》の端《は》に かがよふ春《はる》を いつとか待《ま》たむ

新しい町の通りの家々の軒端に、輝く春の日のような復興の日が訪れるのを、いつと待てばよいのであろう。関東大震災（１９２３年）直後復興を祈って詠む。

3月12日

諸君は美術界の為《た》めの美術家か、人間界の為めの美術家か。

大震災で多くの物を失った。この状況下でも真の美術家にとっては、手近な道具を用いて実社会とかかわり、不自由な日々を過ごす人の心に潤いを与えるのが使命なのだ。「落合通信」

3月13日

霞《かすみ》たつ　野辺《のべ》の厩《うまや》の　こぼれ麦《むぎ》　色《いろ》に出《い》づべく　萌《も》えにけるかも

春霞のたつ野辺の厩からこぼれた麦が、春への憧《あこが》れを表すかのように緑色に萌えでているよ。「色に出づ」は恋心が外に表れる意の伝統歌語。作者が乗馬の稽古に通う頃の作。

3月14日

たちわたす　霞《かすみ》の中《なか》ゆ　鳥《とり》ひとつ小松《こまつ》の末《うれ》に　鳴《な》きしきる見《み》ゆ

一面にたちこめる春霞の中から、鳥一羽が春の使者のように飛来して、庭の松の梢《こずえ》でしきりに鳴くのが見える。末尾の「…見ゆ」は子規以来の写生歌の方法。武蔵野秋艸堂の景。

3月15日

春《はる》といへど まだしき蓮華《れんげ》 王院《わうゐん》の ひと木《き》の柳《やなぎ》 萌《も》え出《い》でにけむ

春といってもまだ寒い。それでも京都蓮華王院（三十三間堂）のあの1株の枝垂《しだ》れ柳は、芽を吹き始めたことだろう。作者は堂前の柳に、寺に纏《まつ》わる「棟木由来譚《むなぎゆらいたん》」の柳精を思う。

3月16日

万葉集の人々はその時代の言葉を、一ぱいに使つて歌を詠んだ。

歌を詠むには古語や雅語でなければならぬことはない。こだわりを一掃して、今日まで変化してきた日本語を自由に使いこなす、これが万葉に学ぶ者の態度である。「歌の言葉」

3月17日

たなごころ　うたた冷《つめ》たき　ガラス戸《ど》の　百済《くだら》ぼとけに　立《た》ちつくすかな

手のひらに冷たさがしみるガラス戸に寄り添いながら、百済観音像の前に、陶然として立ちつくすことだ。作者はわが手の冷たさも忘れている。詞書《ことばがき》「奈良博物館即興」。

3月18日

後《のち》の世《よ》の　人《ひと》の副《そ》へたる　衣手《ころもで》を　掲《かか》げてたたす　持国天王《ぢこくてんわう》

後の世の人が修理で添えた袖を、重苦しげに掲げてお立ちになる持国天王よ――。持国天王は四天王の一つで、大安寺出陳の木彫《もくちょう》。後世の拙劣な修復に作者は心を痛めている。

3月19日

拓本はいつも実物大で、濡《ぬ》れ紙一重隔てたばかりの印象を留《とど》めてゐる。

拓本は金属、石、木に刻まれた文字や文様を紙に写しとったもの。一つの美術品であり、史料としても有用である。八一は拓本に関心を注いで、大量に集めていた。「拓本の話」

3月20日

私は今、昔東大寺にあつた二つの唐櫃《からびつ》の銘文の拓本を持つてゐる。

「唐櫃」は足のある大型の匣《はこ》。二つのうち一つは今は正倉院にあるが、もう一つは、すでに失われてどこにもない。その唐櫃の銘文の拓本が私の手許《てもと》にあるのだ。「拓本の話」

3月21日

み仏《ほとけ》を　宿《やど》しまつりて　草《くさ》の戸《と》の　暁闇《あかつきやみ》に　炊《かし》ぐ粥《かゆ》かな

6年の苦行を終えた釈迦《しゃか》をお泊めした村の家では、乳粥をさし上げようと、夜明け前から煮炊きするのである。悟りを得るまでの釈迦の伝記的事実に基づいて村人の心をうたう。

3月22日

咲《さ》きををる　桃《もも》の下道《したみち》　ひたすらに　降《くだ》ちもゆくか　夜《よる》のをす国《くに》

枝もたわわに咲く桃の花の下道を行けば、ひたすらに暗くなってゆくのか、そこは夜の神が治められる黄泉《よみ》の国——。「古事記」の神話による。「をす」は治めるの敬語。

3月23日

春《はる》来《き》ぬと　今《いま》かもろ人《びと》　行《ゆ》きかへり　ほとけの庭《には》に　花《はな》咲《さ》くらしも

詞書《ことばがき》「興福寺をおもふ」。ああ遥《はる》かなり興福寺、目を閉じれば、世はまさに春と、桜花爛漫《らんまん》の境内を、人びとが華やいで行き来している。古き奈良の都の春のように。

3月24日

宮城先生は私が奈良で詠んだ歌を、四首作曲して発表された。

八一の奈良四季の歌4首が箏曲家宮城道雄により作曲され、１９５５年11月日比谷公会堂で初演された。宮城は八一の書を好み、手で墨蹟《ぼくせき》を愛《め》でていたという。「宮城道雄氏追悼」

3月25日

宮城先生は音楽家で目の見えない方なので、音声に関する聯《れん》を書いた。

八一が宮城道雄に贈った聯（対の掛け物）は宋の蘇軾《そしょく》の詩で、谷川の音は仏の説法、山の景色は仏の清浄身という意の「渓声便《すなわち》是《これ》広長舌《こうちょうぜつ》、山色豈《あに》非《あらずや》清浄身」。「宮城道雄氏追悼」

3月26日

蕪村仏几董《きとう》菩薩《ぼさつ》や鐘かすむ

早稲田の長老市島春城から、与謝蕪村と門弟高井几董の類句を集めた句集に言葉を求められた八一、師弟の類似を認めつつも一句を添えて、蕪村が仏なら几董は菩薩と断を下す。

3月27日

春《はる》されば　萌《も》ゆる川辺《かはべ》の　小《を》柳《やなぎ》の　おぼつかなくも　水《みづ》まさりゆく

雪国越後もようやく春となったので、芽吹いたばかりの川辺の細い柳が不安なまでに、川の水かさが増してゆく。遠く春の信濃川を思う。柳堤に春水の浸る景は中国詩のもの。

3月28日

霞《かすみ》たつ　浜《はま》の真《ま》砂《さご》を　踏《ふ》み裂《さ》くみ　か行《ゆ》きかく行《ゆ》き　思《おも》ひぞわがする

春霞のたつ故郷の浜辺の砂を踏みわけて、行きつもどりつ、あれこれと思いにふけることだ。「か行きかく行き」「思ひぞわがする」は共に万葉の句。帰省時の作か。

3月29日

白梅やここに媼《おうな》が魂《たま》一つ

梅1輪。冬の寒さに耐えて、凛《りん》として香り高く咲く白梅、今春亡くした祖母の魂がここにあるような気がする――。詞書《ことばがき》「祖母をうしなひて」。1907年作。

3月30日

いにしへの　奈良《なら》の宮人《みやびと》　今《いま》あらば　越《こし》の蝦夷《えみし》と　吾《あ》を言《こと》なさむ

奈良の都の宮人が今いるならば、越後の国から来た蝦夷と、この私をあれこれ噂《うわさ》することだろう。「蝦夷」は荒々しい田舎者を異種族視した言葉。「吾を言なさむ」は万葉の句。

3月31日

なべて世《よ》は　寂《さび》しきものぞ　草《くさ》まくら　旅《たび》にありとも　何《なに》か嘆《なげ》かむ

おしなべて人の世は寂しきもの、たとえわが身を漂泊の旅におくとしても、どうして嘆くことがあろうか――。「草まくら」は旅の枕詞《まくらことば》。近代人の持つ孤独をうたう。

秋艸道人　會津八一の略年譜

明治14年（1881）　0歳

8月1日、新潟市古町通（現・中央区古町通）5番町に誕生。

明治32年（1899）　18歳

来遊した尾崎紅葉に面会し、後に俳号「鉄杵」をもらう。坪内逍遥の講演に感動。

明治33年（1900）　19歳

新潟県尋常中学校（現・県立新潟高等学校）を卒業。

東京で正岡子規と面談し良寛を紹介、後日良寛の歌集を送る。

明治34年（1901）　20歳

地元新聞「東北日報」の俳句選者となる。

明治35年（1902）　21歳

東京専門学校（早稲田大学）に入学。坪内逍遥、小泉八雲らから英文学を学ぶ。

明治39年（1906）　25歳

早稲田大学文学科を卒業。新潟県中頸城郡板倉村（現・上越市）の有恒学舎（現・県立有恒高校）の英語教師に赴任。

明治40年（1907）　26歳

4月「新潟新聞」の俳句選者となる。

明治41年（1908）　27歳

新潟県中頸城郡新井町（現・妙高市）の醸造家入村四郎作宅で、俳人小林一茶自筆『六番日記』を発見。初めて奈良を旅行し、短歌20首を詠む。以後35回大和路を旅する。

明治42年（1909）　28歳

俳句結社「玻璃唫社」を主宰。4月、「高田新聞」の選者となる。

明治43年（1910）　29歳

有恒学舎を辞任して上京、早稲田中学校の英語教師になる。

大正3年（1914）　33歳

「学規」四則を定める。

大正9年（1920）　39歳

日本希臘学会を創立。

大正10年（1921）　40歳

教育方針で対立し長野、奈良、千葉で静養。以後校務を休み関西や九州旅行。

大正11年（1922）　41歳

東京市外落合村下落合、市島春城の別荘閑松庵に転居。

大正12年（1923）　42歳

関東大震災に遇う。日本希臘学会を解消し奈良美術研究会を創立。

大正13年（1924）　43歳

歌集『南京新唱』刊行。

大正14年（1925）　44歳

早稲田中学校を辞職、早稲田大学付属高等学院教授に就任。

大正15年・昭和元年（1926）　45歳

早稲田大学文学部講師となり、東洋美術史を講義。

昭和6年（1931）　50歳

早稲田大学文学部教授に就任。

昭和8年（1933）　52歳

学位論文『法隆寺法起寺法輪寺建立年代の研究』を刊行。

昭和9年（1934）　53歳
文学博士になる。早稲田大学恩賜館に東洋美術史研究室を開設。
昭和13年（1938）　57歳
早稲田大学文学部に藝術学専攻科を設置し、主任教授になる。
昭和15年（1940）　59歳
歌集『鹿鳴集』を刊行。
昭和17年（1942）　61歳
随筆集『渾齋随筆』を刊行。
昭和18年（1943）　62歳
学徒出陣を控えた学生を奈良・京都の研修旅行に引率。
昭和19年（1944）　63歳
歌集『山光集』を刊行。
昭和20年（1945）　64歳
早稲田大学教授を辞任。空襲で罹災し、新潟県北蒲原郡中条町（現・胎内市）の丹呉康平宅に寄寓。7月10日、養女きい子病没（享年33歳）。

昭和21年（1946）　65歳

「夕刊ニヒガタ」創刊に伴い社長に迎えられる。新潟市南浜通二番町に転居。

昭和22年（1947）　66歳

歌集『寒燈集』と書画図録『遊神帖』を刊行。

昭和24年（1949）　68歳

従兄弟中山後郎の娘蘭を養女にする。

昭和25年（1950）　69歳

新潟日報社の社賓になる。（「夕刊ニイガタ」が新潟日報社に合併）

昭和26年（1951）　70歳

新潟市名誉市民に選ばれる。『會津八一全歌集』で読売文学賞を受賞。

昭和28年（1953）　72歳

宮中歌会始の儀に召人として臨席。『自註鹿鳴集』を刊行。

昭和29年（1954）　73歳

早稲田大学會津博士紀念東洋美術陳列室を移転し再開。

昭和31年（1956）　75歳

11月21日、冠状動脈硬化症により永眠。戒名は生前自撰の「渾齋秋艸道人」、墓は新潟市中央区西堀通三番町瑞光寺正面脇にある。

（新潟市會津八一記念館主査学芸員　喜嶋奈津代　編）

「3・11」と秋艸道人

２０１１年が災禍の年として、日本人の記憶に深く刻まれるのは間違いない。新潟日報の題字脇で會津八一の作品や言葉を紹介していく連載「秋艸道人」は、東日本大震災の発生から20日ほど後の4月1日にスタートした。1回目を飾ったのは、次の短歌である。

大和路の　瑠璃《るり》のみ空に　たつ雲は　いづれの寺の　上にかもあらむ

震災による死者の数が刻々と増え、原発事故の不安が列島を覆う日々。暗くざわめく心に、古都の空の青が染み通るようだった。

文化部が担当するこの欄では同年3月まで良寛の作品を取り上げていた。後番組をどうするか。「次は八一（秋艸道人）で‥」との案は早い段階で出ていた。執筆は會津八一記念館にお願いするとして、問題は見せ方である。八一の短歌はひらがな表記が特徴だ。一般読者には読みづらいだろう。作品に親しんでもらうには、どうすればよいか。

幾つか、工夫をした。ひらがなの歌は漢字交じりにする。さらに八一の多面的な魅力を伝えるため俳句や随筆、手紙なども取り上げることにした。これに80字以内で分かりやすく解説を加える体裁だ。いわば「八一の世界」入門編。これらの無理な注文に応えてくださったのが、和泉久子・鶴見大名誉教授と記念館の喜嶋奈津代、湯浅健次郎・両学芸員で構成する執筆陣、「チーム八一」である。

連載には、さまざまな反応があった。「毎日楽しんでいる」という声、「歌を原文表記で載せないとは…」とお叱りもいただいた。だが、1番多かったのは「作品を初めてきちんと読んだ。こんな人だったんですね」という声である。第2次世界大戦で焼けただれた国土を悲しむ八一。奈良の美しさにうっとりし、仲間と俳句で機智を競い、養女の死に慟哭《どうこく》する八一。この本には366日分の八一が詰まっている。無事「入門」を果たされた方は、ぜひ全集などで原文に触れていただきたい。

東日本大震災からちょうど1年たった12年3月11日には、こんな歌が載った。八一が関東大震災の直後、復興を祈って詠んだものだ。この本が出るころ、東北の被災地にも桜が咲いているだろうか。

新しき　町の巷《ちまた》の　軒の端《は》に　かがよふ春を　いつとか待たむ

新潟日報社　編集委員室次長　森　澤　真　理

■執筆者一覧

学規四則

神林　恒道（かんばやし　つねみち）

1938年生まれ。新潟市出身。京都大学大学院文学研究科修了。文学博士。大阪大学名誉教授、新潟青陵大学客員教授。専門は美学。主著に『美学事始－芸術学の日本近代』『にいがた文化の記憶』など。民族藝術学会会長、日本美術教育学会会長、日本フェノロサ学会会長、独立行政法人国立美術館運営委員。新潟市會津八一記念館館長。

短歌　俳句　言葉

和泉　久子（いずみ　ひさこ）

1928年生まれ。新潟県五泉市出身。国学院大学文学部卒業。鶴見大学名誉教授。専門は日本近代詩歌。主著に『近代日本の詩歌』『鹿鳴集』（和歌文学大系）など。新潟市會津八一記念館評議員。

喜嶋　奈津代（きしま　なつよ）

1975年生まれ。新潟市出身。新潟大学教育学部卒業。専門は書道史。共著に『會津八一の絵手紙』『會津八一悠久の五十首』など。新潟市會津八一記念館主査学芸員。

湯浅　健次郎（ゆあさ　けんじろう）

1980年生まれ。新潟県新発田市出身。京都工芸繊維大学大学院修了。専門は美術史。新潟市會津八一記念館学芸員。

索　引

新潟市 會津八一記念館

〒951-8101 新潟市中央区西船見町5932番地561
tel.025-222-7612　fax.025-222-7614

ご案内

◎開館時間　午前9時から午後5時

◎休館日　月曜日（祝日又は振替休日の場合は、その翌日）
祝日又は振替休日の翌日
（日曜日にあたる場合は火曜日）
年末年始（12月28日から翌年1月3日）
（臨時に休館日を変更することがあります）

◎バス　JR新潟駅前（万代口）バスターミナルから
浜浦町行きバスにのり「西大畑坂上・
會津八一記念館入口」で下車、
海岸の方へ徒歩約5分

◎タクシー　新潟駅万代口から約15分（約3km）

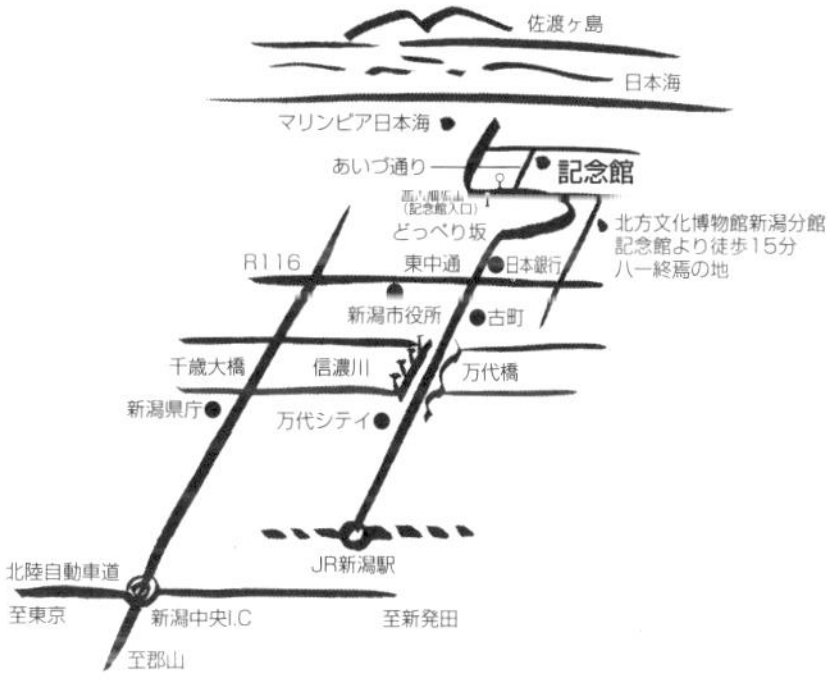

秋艸道人《しゅうそうどうじん》會津《あいづ》八一《やいち》　美《び》の彷徨《ほうこう》

平成24（2012）年5月31日　初版第1刷発行

編　者　公益財団法人 會津八一記念館
〒951-8101　新潟市中央区西船見町5932
TEL（025）222-7612
発行者　木村　哲郎
発行所　新潟日報事業社
〒951-8131　新潟市中央区白山浦2-645-54
TEL（025）233-2100
印　刷　新高速印刷株式会社

ISBN978-4-86132-502-1